KB000796

그린 레터

그린 레터

잎 맥 의 사 랑 연 대 기

황
모
과

장
편
소
설

다섯
책방

차례

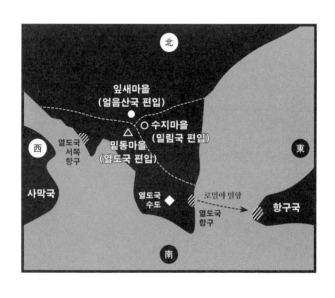

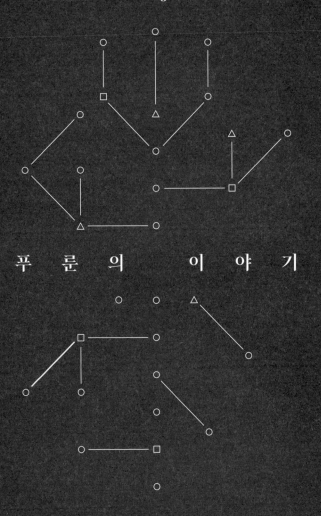

1 장

푸 룬 의 이 야 기

엽첩葉帖 1

로밀아에게

회당은 마을의 온갖 일이 벌어지는 곳이었습니다.
그중에서도 옥상 회합실은 특별했지요. 달짝지근한
긴장감을 얼굴에 드러낸 사람들로 늘 어수선하게 들
썩였거든요. 친구들과 저는 어른이 되어야 올라갈 수
있는 그곳을 '비밀의 계단'이라 부르며, 먼저 올라가
는 형과 누나들을 놀리곤 했어요. 그날 저는 그곳에
처음 발을 들였습니다. 당신을 만나기 위해서요.

당신이 회합실로 들어섰습니다. 주선자 한 분 외에 부모님도 형제도 친구도 대동하지 않았지요. 당당하게 혼자였습니다. 모든 게 자신의 선택에 달렸다는 듯, 닥쳐올 미래 앞에 의연하게 서 있던 모습이 지금도 선명합니다.

그에 비해 제 곁에는, 어휴……. 마을 장로님 두 분과 주선자, 부모님과 형, 사촌에 절친 둘까지 우르르 늘어서 있었습니다. 지금 생각해도 부끄럽네요. 등 뒤에 지인들을 몽땅 대동하고서는 의기양양해진 새끼 고양이가 된 기분이었습니다.

당신은 무표정에 가까운 차가운 얼굴이었습니다. 맞선을 주선한 양가 친지들은 당장 식이라도 올릴 듯 호들갑을 떨었지만 저는 힐끗 당신 표정을 보곤 가만히 입을 다물었습니다. 야단스럽게 설레발치는 심장을 필사적으로 억눌렀어요. 이윽고 당신이 만들어 낸 기운에 전염이라도 된 듯 덩달아 차분해졌습니다.

당신을 본 제 일행들이 떠들어 대기 시작해 저는 아찔해졌습니다. 예쁘다는 둥, 참하다는 둥, 어른스럽다는 둥 칭찬 일색이었지만 단편적 정보에 근거한 품평일 뿐이었죠. 괜한 소리가 이어지자 탁자 맞은편에 앉은 당신 표정이 눈에 띄게 일그러졌습니다. 저는 몰래 이마를 짚었어요.

'망했다!'

경험자들이 곁에 있으면 든든할 줄 알았는데 완전히 착각이었습니다. 될 일도 안 되겠다 싶어 저는 자리에서 벌떡 일어났지요.

"자, 이제 다들 그만 나가 주세요."

"어라? 이 녀석, 아까는 끝까지 같이 있어 달라고 하고선?"

"맘이 바뀌었다고요. 얼른 나가세요."

등 떠밀려 회합실 밖으로 쫓겨나면서 모두 한마디씩 보탰지요.

"혼자 잘할 수 있겠나?"

"울면서 나와도 우린 모른다."

"어이쿠, 우리 푸룬이 결혼할 수 있으려나?"

저는 문을 닫고 한숨을 내쉬었습니다. 그런데 이분들, 멀리 가지도 않으셨어요. 회합실 안쪽이 훤하게 잘 보이는 옥상 정원에 자리 잡고서는 수다를 떨기 시작했습니다. 저는 당신에게 다가가 자리를 옮기지 않겠느냐고 물었지요. 우리는 창문을 등지고 앉아비로소 서로를 마주했습니다. 그날 제 일행들이 보인주책을 지금이라도 용서해 주세요.

서로만 바라볼 수 있는 자리를 마련한 것까지는 좋았는데, 저는 한 번 더 아찔해졌습니다. 이제 무슨 말을 하지? 그러자 당신이 대화를 시작했지요. 바쁘게 지낸 그즈음의 형편이며 돌아올 축제 준비, 그리고 옛이야기를 두서없이 나누면서 저도 조금씩 긴장이 풀렸습니다.

우리는 같은 쿠진족입니다. 같은 언어를 쓰고 같은 옷을 입고 같은 문화를 향유해 왔지요. 북쪽 우리 잎새 마을과 남쪽 당신의 밑동 마을은 산 하나를 사이에 두고 한 뿌리에서 나온 나무처럼 뻗어 있었습니다. 두 마을 사이에는 학교도 여럿 있었고 반강제로 동원되는 연중행사도 빈번했지요. 우리는 어린 시절 어딘가에서 스쳐 지나갔을 겁니다. 옛이야기 속 우리의 인연이 겹쳤을 순간을 상상하며 조금 감미로운 기분마저 들었어요.

결혼을 전제로 등 떠밀려 맞선에 나온 당신은 심경이 복잡했겠지요. 주선한 어른들은 제가 참하고 성실한 남자라고 하셨겠지만 당신 눈으로 직접 본 건 아니니까요. 반려로 인해 반평생이 좌지우지되는 위험한 도박. 결혼이란 우리 마을 여자들에게도 큰일이었습니다.

우리 어머니는 먼 곳에 살던 쿠진족 4세였어요. 갑자기 우리 마을로 시집을 왔답니다. 말도 통하지 않는 곳에서 어떻게 버텨 왔는지 누구보다 제가 잘 알고 있습니다. 어머니는 최근에야 우리 마을을 제2의 고향이라고 말씀하시더라고요. 드디어 제가 나고 자란 곳이 어머니에게도 고향이 되었다는 말에 얼마나 기뻤는지 몰라요. 오랫동안 어머니를 보며 반복해 결심했답니다. 언젠가 결혼한다면 반려와 함께 사는 곳을 반드시 마음 포근한 고향으로 만들겠다고요. 아내에게도 그리고 제게도요. 결심만으로 이뤄질 수만 있다면 평생 반복할 작정이었습니다.

당신에게는 제 결심을 간단하게만 언급했습니다. 어머니 얘기를 너무 길게 했다간 행여 독립적이지 못한 남자로 보일까 봐 걱정했거든요. 그러고는 제 각오를 대신 말해 줄 잎사귀를 당신에게 건넸습니다. 부디 당신이 직접 저를 평가해 주면 좋겠다고 말하고 싶었어요. 성실하고 믿을 만한 남자라고요.

잎새를 내민 제 손끝이 떨리고 있어 저도 깜짝 놀랐습니다. 잎을 가꾸고 첫 맞선에 나올 때까지도 제법 덤덤했거든요. 막상 당신을 마주하니 달랐습니다. 당신이라는 존재를, 한 사람의 인생의 무게를 체감했어요. 상대의 인생을 마주하는 일은 간단한 문제가 아니라는 걸 실감했답니다. 과연 제가 당신의 인생에 어울릴 사람일지, 저 자신에 대해서도 다시 생각했습니다.

그제야 아무런 각오도 하지 않았다는 사실이 민망하고 부끄러웠답니다. 아버지도 형도 장로님들도 누구나 거쳐야 하는 의례라고만 말했거든요. 저도 인생의 여느 날과 크게 다르지 않을 거라고 생각했어요.

"다섯 번은 나가야 할 거다. 시기와 운도 맞아야 하지. 인연이란 쉽게 닿지 않는 법이란다."

어머니 말씀을 듣던 제 곁에서 아버지와 할머니가 혀를 찼습니다.

"그래서 네 형은 열 번이나 나갔잖니."

"열 번 다 결혼하겠다고 달려들더니만……. 쯧쯧, 그러니 전부 퇴짜를 맞았지."

경험자들의 이야기도 많이 들었답니다. 저로 말하자면 형만큼 줏대 없진 않으니 서너 번쯤 겪으면 될 줄 알았어요. 열 번은 너무 피곤하겠더라고요. 그런데 첫 맞선에, 그것도 단번에 마음을 뺏길 줄은 몰랐습니다. 더는 누구도 안 만나도 좋다고 생각했어요. 아, 저도 우리 형처럼 줏대 없는 남자였던 걸까요? 물론 전제가 필요했습니다.

'혹시 당신도 괜찮으시다면요……'

저는 한 해 전부터 비티스디아 싹을 틔워 가꾼 일을 열심히 설명했습니다. 당신을 만나길 줄곧 기다려 왔다고 말하고 싶었지만, 초면에 너무 방정맞은 것 같아 차마 표현은 못 했어요. 그 대신 잎사귀에 대해 말했죠.

"뒤뜰에 키웠던 애들이에요. 성년이 되면 선을 보러 나가야 한대서 작년부터 공들여 키웠어요."

이때를 대비해 저는 신중하게 싹을 틔워 잎을 키워 왔어요. 이건 대대로 내려오는 우리 마을의 청혼 방식이랍니다. 어릴 때부터 아버지와 삼촌, 형들과 동네 아저씨들, 그리고 장로님들에게 조언을 들었어요. 얼마 전 마을에 보관된 씨앗 중에서 가장 아름다운 씨앗을 골라 저만의 작은 뜰을 가꾸기 시작했어요. 상대에게 건네고 싶은 잎사귀를 조심스럽게 골랐습니다. 오랜 전통이라기에 잠잠히 따랐는데 당신의 냉철한 표정을 보자 아차 싶었습니다. 당신의 관심을 끌다른 선물은 없었을까 생각하다 초조해졌어요. 얼굴이 뜨거워지고 땀이 났습니다.

손끝이 떨리고 목소리가 흔들려 난처해진 그 순간,

당신은 저를 돌아봤습니다. 무심하게 먼 곳을 보던 눈길을 제 쪽으로 돌렸지요.

"어……. 다른 애들 뜰은 정말 멋지던데 제 뜰은 소박해요. 날짜가 잡힌 후에 나무를 몇 개 추렸고요. 어제 장로님들과 상의해서 잎을 골랐어요. 아, 이럴 줄 알았으면 잘 키워 볼걸……. 이렇게 하는 거라길래 그냥 따랐는데 뭔지도 잘 모르겠고, 아이고……. 지금부터 새로 열심히 가꾸면 다음 해에는 더 멋진 잎을 가져올 수 있을 것 같은데, 일 년 뒤 저랑 다시 선을 보면 어떨까요? 헉, 제가 지금 무슨 소릴 하는 거죠?"

저는 연신 땀을 닦았습니다. 당신은 살짝 미소를 보였습니다.

당신을 만나고 나니 알겠더군요. 막연히 누군가를 기다리고 있다고 생각했는데 누군가가 아니라 바로 당신이었나 봐요. 저는 워낙 말주변이 좋지 않아요. 긴장한 탓에 무슨 말을 하는지 알지도 못한 채 떠들어 댔고 그러다 아주 잠깐 당신과 시선이 맞닿았습니다. 저는 잎맥을 가리키고 있었는데 당신은 잎사귀가 아니라 제 눈을 빤히 들여다보고 있더군요. 차갑게만 보였던 표정도 조금 부드럽게 바뀐 듯했습니다. 나중에야 들었는데 당신은 저보다 세 살이 많다더군요. 당신의 눈빛과 태도, 기품 있는 몸짓은 제게도 안정감을 주었습니다. 맞선을 주선한 분들은 나이 차이를 염려했다던데 뭐가 문제였는지 지금도 잘 모르겠어요.

당신의 영민한 눈빛을 보고 곧바로 이실직고하고 말았습니다. 사실 저는 잎맥을 읽을 줄 몰라요.

"실은 장로님이 정해 주신 잎사귀를 가져왔어요. 장로님이 묻더군요. 어떤 메시지가 새겨진 잎맥을 원하냐고요."

저는 신뢰와 희망이라고 답했답니다. 제 삶으로 누군가를 초대하는 것 이상으로 그의 삶에 초대받고 싶은 희망, 무엇보다 신뢰를 전제한 희망을 전하고 싶다고요. 그렇게 골라 온 게 그날 당신에게 건넨 잎사귀였지요.

"함께 지내는 게 즐거웠으면 좋겠다는 희망이에요. 앞으로도 즐거울 거라 믿을 수 있다면 더욱 좋겠다는 바람이고요."

평범하다 못해 어수룩하게 들렸을 제 말에 당신은 살짝 고개를 끄덕였습니다.

"그렇게 읽히네요."

"아…… . 잎맥을 읽을 줄 아시는군요."

당신은 한층 편안한 표정으로 말했습니다.

"마음에 들어요, 이 잎맥."

휴, 저는 비로소 안심했습니다.

잎사귀를 건네받은 당신은 작은 흙 반죽을 꺼내 잎맥을 찍었습니다. 잎맥의 기하학적 모양이 반죽에 새겨졌습니다.

"흙 반죽을 구워서 목걸이로 삼을게요."

간신히 환한 웃음이 터졌습니다. 그날 처음으로 숨을 제대로 쉬겠더군요.

비티스디아 잎사귀를 편지 삼아 건네는 일은 운명을 점치고 행운을 기원하는 잎새 마을 전통이랍니다. 저를 비롯해 젊은 세대는 그다지 열광하지 않지만요. 다분히 마술적인 관습이라 여겼지요. 진취적인 친구들은 운명이야 자신이 개척하는 거라고 했고, 어떤 친구들은 벼나 구황작물보다 손이 더 가는 쓸모없는 식물을 일 년이나 공들여 기르는 게 무슨 헛수고냐며 불평하기도 했어요.

제가 키운 비티스디아 잎맥이 정말 신뢰와 희망을 말하고 있는지 저는 알 수 없었습니다. 내심 미신이라고도 생각했거든요. 하지만 그날 잎사귀를 건넨 뒤 당신의 눈빛 속에 신뢰와 희망을 기대하는 마음이 떠오르는 것을 느꼈습니다. 다행이었어요.

그렇게 우리는 장로님들이 만든 다리 위에서 서로를 마주하게 되었습니다.

그날 집에 돌아오자마자 가족들에게 둘러싸였답니다.

"어땠어?"

형이 질문을 퍼부었고 저는 애써 담담하게 말했어요.

"나쁘지 않았어."

"흐음, 보아하니 나쁘지 않은 정도가 아닌 것 같은데?"

저는 솔직하게 말했습니다.

"그쪽이 나를 어떻게 생각하느냐에 달렸지."

형은 첫 맞선에서 보인 제 태도를 질책했답니다.

"여러 명 만난 뒤에 결정할 생각이면 처음부터 잎사귀는 가져가지 말랬잖아."

참 나, 자기가 저지른 실패는 다 잊은 태도지 뭐예요?

"나도 별로면 안 내놓으려고 했다고!"

그러자 형이 의미심장하게 웃었습니다.

"오호라, 별로가 아니었구나?"

별로가 아닌 정도가 아니었죠. 저는 속내를 투명하게 다 드러내고 말았습니다.

"어휴, 완전히 꼼짝도 못 하겠더라고. 설명하기도 전에 잎맥을 다 파악하고 있는 것 같더라니까. 아주 진땀 뺐어."

형은 어린애 대하듯 저를 놀렸어요.

"하긴 네 비티스디아에는 다 드러나긴 하지."

"그건 내 성향 때문이 아니라 비티스디아가 푼수여서 그런 거 아냐?"

형이 핀잔을 줬습니다.

"네 뒤뜰과 내 뒤뜰을 비교해 봤니? 내 건 크기도 모양도 균일해. 너처럼 들쑥날쑥하지 않다고. 너는 언제 어디서나 네 마음을 다 드러내서 문제라니까. 앞으로 네 뒤뜰이 얼마나 빽빽하게 우거질지 눈에 훤하구먼."

키우는 사람의 성향을 고스란히 드러낸다니, 그리고 그걸 타인에게 보여 줄 수 있다니……. 이 독특한 식물을 키우는 건 곧 속마음을 들킬 준비를 하는 셈이잖아요? 그저 미신이라고만 생각했는데 사실이라면 완전히 망한 것 같아요.

"으윽, 나 어떡해……."

딴청을 하며 저와 형의 대화에 귀를 기울이던 부모님과 할머니가 저와 눈이 마주치자 고개를 돌렸습니다. 줄곧 웃음을 참으며 얘기를 들은 모양이에요.

우리 잎새 마을에서는 주로 남자가 비티스디아를 가꿉니다. 남자가 책임져야 하는 일 중에서도 꽤 중요한 부분이었지요. 바로 아랫동네인데도 당신이 사는 밑동 마을은 다르다고 들었어요. 우리는 비티스디아를 보며 키운 사람의 성향을 판단하거나 미래를 점치곤 했는데, 현상을 해석하고 이해할 수 있도록 번역하는 일도 마을 남자들 몫이었어요. 그래서 번역에 능통하면서도 언행이 진중한 어른이 마을 장로 역할을 맡았지요. 마을 구성원의 미래에 관한 일종의 예언인 셈이니 경박한 사람에게 맡길 수는 없으니까요.

그날 밤 뒤뜰에 가서 물과 비료를 주며 당신과 만난 일을 나직이 소곤댔습니다. 잎을 깨끗하게 정돈하자 건조했던 하루 동안 움츠러든 잎사귀가 기지개를 켜듯 반듯이 펼쳐졌습니다. 기분 좋게 골골거리는 고양이 귀 만지듯 가만히 잎사귀를 쓰다듬었습니다.

며칠 뒤 깔끔한 잎사귀를 몇 장 들고 장로님 집무

실에 들렀습니다. 장로님이 제게 물었습니다.

"오늘은 어떤 메시지를 가져가고 싶으냐?"

"어, 그러니까 그게, 보…… 보고 싶었다는 메시지요."

민망함에 얼굴이 화끈화끈했습니다. 장로님은 웃지도 않고 제 얼굴을 바라보지도 않았어요. 그저 돋보기를 들고 잎맥을 세심하게 들여다보더니 잎을 하나 골라 조용히 제 앞에 놓았습니다.

속내를 들키는 일이 처음으로 불합리하게 느껴졌어요. 매번 다른 사람에게 제 마음의 해석까지 맡겨야 한다는 것도요. 장로님께 슬쩍 물어봤습니다.

"지금부터 연구하면 저도 잎맥을 읽을 수 있을까요?"

"나이가 들면 너도 자연스럽게 읽게 될 거다."

장로님은 무덤덤하게 말했습니다.

우리 마을에선 언제부터 이런 귀찮은 관습이 생긴 걸까요? 점치는 사람들이 역학서처럼 잎맥 읽는 법을 적어 두었더라면 좋지 않았을까요? 장로들을 거쳐야 하는 일이 부당하다고 생각했어요. 그때까지는 한 번도 생각 안 해 봤는데. 우습지요? 이제부턴 무슨 일이든 타인에게 의존하고 싶지 않았어요. 의존적인 사랑을 하고 싶지는 않았거든요. 아…… 맞아요.
그때부터 저는 벌써 사랑이란 단어를 입에 담고 있었
어요.

그간 장로님들이 심성이 바르고 권위가 있기에 잎
맥 해석과 번역을 독점한다고 느꼈는데, 생각이 바뀌
었습니다. 내밀한 정보와 사람의 저의까지 파악할 수
단이 있기에 장로님들에게 권위가 생긴 거였어요.

다행스럽게도 잎새 마을 장로님들은 대대로 선량
하고 위엄 있는 분들이었어요. 가벼운 말로 은밀한
흉금을 함부로 옮기지 않았어요. 우리의 이야기를 잘
지켜 줬지요. 장로님들이 나쁜 사람들이었다면, 유불
리를 계산해 사람들의 속내를 악용하는 자들이었다
면 정말 큰일이 났을 겁니다.

이는 전부 당신을 만나고 난 뒤 새로 생각하게 된
것들입니다. 비티스디아에 대해서, 저의 미래와 마을
의 미래에 대해서, 우리 모두의 이야기에 대해서 말
이죠. 누군가를 사랑하면 생각이 많아지나 봐요. 맞아
요, 당신을 만나자마자 전 사랑에 빠지고 말았어요.

그날 이후 우리는 서로의 집에서 딱 중간쯤 되는
곳에서 만났지요. 두 마을 사이 언덕 정상에 있는 돌

담이었어요. 쿠진족이 살아온 고산지대 중에서도 가장 높은 곳이었습니다. 한때 외부의 침입을 감시하던 망루의 흔적이었다지요. 그곳에 서서 저는 당신과 함께할 먼 미래를 바라보았습니다.

오후 네 시, 황량하기만 한 언덕을 가벼운 발걸음으로 뛰어올랐어요. 도무지 지루하지도 않았고 아무리 뛰어도 숨이 차지 않았답니다. 식곤증 때문에 꾸벅꾸벅 졸거나 저녁밥을 기다리며 허한 뱃속을 견디던 시간이었는데, 하루 중에 가장 꽉 찬 마음을 품은 시간으로 바뀌었어요.

돌담을 따라 걸으며 우리는 이야기를 나눴지요. 당신에게 하고 싶은 말, 당신에게서 듣고 싶은 말이 많았습니다. 제가 수다쟁이라는 것도 처음 알았고요. 돌담 주변이 이토록 따뜻한 곳인 줄도 전에는 미처 몰랐습니다.

당신의 환심을 사고 싶었습니다. 그래서 주변 사람들 조언대로 장식이나 머리띠, 보자기나 모자 따위를 선물로 가져갔어요. 어머니가 손수 짜 주신 파란 스카프도 들고 갔지요. 당신은 사양하기도 하고 고맙다고 말하기도 했지만 감격한 표정까지 보이지는 않았습니다. 취향에 맞지 않는 게 분명했습니다.

'이런……. 모자랑 스카프는 예쁘고 실용적이라 싫어할 리 없다고 했는데…….'

당신의 표정을 보며 저는 속으로 조언해 준 사람들을 탓했습니다.

"여자들은 아름다운 걸 좋아한단다."

"이런 걸 마다할 여자는 없지."

이모님과 숙모님의 이야기를 철석같이 믿었건만! 여자들의 평균적인 선호를 짐작하여 얘기해 준 주변 사람들의 일반론에 화가 다 날 지경이었습니다.

'뭐야, 로밀야 취향은 완전히 다르잖아!'

몇 번 실패한 뒤로는 형들이나 이모님, 숙모님의 조언은 그냥 흘려들었답니다. 당신의 선호를 떠올리며 생각했어요. 경향은 경향일 뿐, 보편성이란 어떤 이에게는 지나치게 특수할 수도 있다고요.

당신은 평소에도 자신을 장식하지 않았습니다. 어쩐지 당신 자체가 화려해 보이기만 해서 저는 알아차리지 못했지만요. 당신은 아름다운 것을 사랑하지만 남에게 사랑받기 위해 남의 기준으로 아름다워지려 노력하지는 않는다고 말했지요. 시간을 들여 대화를 나누면서 천천히 알게 되었습니다. 평균적인 아름다움을 좇는 일을 그다지 좋아하지 않는다는 것을요.

대신 당신은 책과 그림을 좋아하고 여행과 모험을 좋아한다고 했습니다. 평균적인 아름다움이란 뭘까? 로밀야가 사랑하는 아름다움은 뭘까? 당신과 대화하면서 저는 그동안 한 번도 생각해 보지 않은 걸 고민하게 되었답니다.

한번은 고심 끝에 가족처럼 지내는 옆집 소꿉친구 팅팅을 불렀습니다. 저는 쑥스러움을 감추려고 시치미를 떼며 물었습니다.

"넌 청혼자에게 뭘 선물 받으면 기분 좋겠냐?"

청혼이라는 말을 듣자마자 팅팅은 얼굴을 붉혔습니다. '나라면'이라는 전제를 붙이며 팅팅은 자신의 선호를 열거했습니다. 한참을 진지하게 듣다가 저는 팅팅의 말을 끊었어요.

"잠깐, 잠깐. 내가 청혼할 상대는 특별한 사람이야. 모험을 좋아하는 여자란 말이야. 이모님, 숙모님 얘기는 너무 구식이라 참고가 안 되더라고. 네 주위엔 그런 친구 없어? 연구자이면서 탐험가 기질이 있는 여성 말이야."

당신이라는 특별한 사람에 대해 얘기한 것인데, 당신에게 보낼 선물에 대해 조언을 구한 것인데, 저는 팅팅에게 싸늘한 소리만 듣고 말았습니다.

"아, 몰라! 왜 나한테 묻는 거야! 어휴, 짜증 나!"

"팅팅! 왜 화를 내고 그래?"

당신에 대해 말할 때마다 주변의 분위기는 미묘해졌고 야릇해졌습니다. 누군가는 웃었고 누군가는 화를 냈어요. 모두의 감정이 소란스럽게 터지며 흩어졌습니다. 다들 이 순간을 기다려 왔다는 듯 마음을 활짝 드러내는 듯했습니다.

"다들 왜 이러지?"

슬쩍 형에게 물어봤습니다. 형은 쓰러질 듯 고개를 꺾으며 웃더니 벽에 머리를 찧었습니다.

"왜 그러긴? 사랑에 빠진 이들을 지켜보는 것만으로도 사랑에 빠진 기분을 느끼니까 그렇지."

저는 머리를 긁적였습니다. 사랑에 빠진 이들은 어떤 달짝지근한 기운을 뿜어내나 봐요? 그리고 그 달콤함이 사방에 쉽게 퍼져 전염되나 봐요?

"흠, 그런 거야? 그렇다면 팅팅은 왜 화를 낸 거지?"

"그거야 팅팅은 네가 사랑에 빠지지 않길 바랐으니까 그렇지."

팅팅이 괘씸해 저는 팔짱을 꼈습니다.

"아니, 걘 도대체 왜 그런대?"

"으이구, 팅팅이 화낼 만하네!"

무슨 영문인지 형이 고개를 절레절레 저으며 방을 나갔습니다. 팅팅에게 조금 서운해질 지경이었습니다.

　사랑에 빠진 사람은 생명이 살아남는 데 필요한 기운을 뿜어낸다는 말이 사실이었나 봐요. 제 뒤뜰의 비티스디아가 날이 갈수록 무성해졌으니까요.

　그즈음 매일 당신에게 잎사귀 편지를 건넸습니다. 어떤 날은 설렘, 어떤 날은 그리움, 또 어떤 날은 갈망, 환희……. 제 마음을 표현할 잎맥을 골라 갔습니다.

　그러던 어느 날, 당신도 제게 잎맥을 건넸습니다.

　"여기엔 뭐라고 쓰여 있나요?"

　"당신과 여행하고 싶어요."

　여행이라……. 저는 당신의 잎맥을 보며 어려운 숙제를 받은 학생처럼 머뭇거렸습니다. 빨리 뭐라 말해야 하는데 자꾸만 답을 미적거렸습니다.

　솔직하게 말해야 할 것 같았어요. 낯선 곳을 여행하면 저는 입술이 부르터요. 정착이 제 성격에는 더 잘 맞아요. 저는 따뜻한 햇살 아래, 특별 지정석에서 흡족한 표정을 짓는 고양이 같은 인간이거든요. 당신과 함께 여행한다면 평소보다 더 긴장할 것 같아요.

당신의 여행까지 특별하게 만들고 싶은 욕심에 계속 초조할 거예요. 딱히 대책도 없으면서 허둥대기만 할지도 몰라요. 소박하더라도 마음 편한 곳에서 매일 차곡차곡 시간을 쌓아 가는 편이 더 좋아요. 당신과 저는 이토록 다르지요.

물론 가끔 떠나는 여행은 좋아요. 하지만 당신이 말한 여행은 가벼운 피크닉 같은 게 아니었습니다. 새로운 곳을 개척해 가는 인생의 여정을 말한 거겠지요. 일생을 함께할 반려자에게 제안하는 거라면요.

저는 솔직히 말했습니다. 여행이라는 말이 주는 긴장과 불안에 대해서요. 그 대신 안정감 있는 사람임을 내세우려 했는데, 당신은 다소 실망한 기색을 보였습니다.

"함께 떠날 순 없나요?"

홀쩍 떠나기만 하는 삶이 가능하다면 얼마나 좋겠어요. 부모님처럼 농사를 짓든, 요즘 옆 동네에 부쩍 늘어난 탄광 일을 하든, 삶의 터전까지 우리를 따라 움직여 주지는 않으니까요. 저는 현실을 떠올리며 천천히 답했습니다.

"당신이 홀쩍 떠났을 때 돌아오고 싶은 곳이 되고 싶어요. 당신이 돌아와 쉴 수 있는 자리를 만들어 놓고 기다릴게요."

그러자 당신은 조금 복잡한 표정을 지었지요. 조심스레 당신에게 물었습니다.

"평생 유랑하는 삶을 꿈꾸는 건가요? 돌아오지 않을 건가요?"

"아니요. 떠나는 것만 생각해 왔어요. 돌아오기 위한 여행은 상상해 본 적 없었어요. 이제부터 한번 상상해 볼게요. 누군가와 따로 또 함께 하는 여행을요."

저는 당신에게 손을 내밀었습니다.

"돌아올 때 미리 연락을 주면 어때요? 나가서 기다릴 테니 같이 돌아와요. 그러면 그 길이 우리가 함께하는 여로가 되겠지요?"

당신은 놀란 표정을 지었습니다. 모험가를 아내로 맞이하려거든 당연히 그래야 하지 않을까요? 한참이나 저를 지그시 바라보던 당신이 성큼 다가와 제게 입을 맞췄습니다.

우리는 반년 뒤 온 마을 사람들 앞에서 결혼식을 올리기로 서약했습니다. 당신을 세상에서 가장 행복한 사람으로 만들겠다는 다짐만으로도 저는 이미 세상에서 가장 행복한 사람이 되었답니다. 뒤뜰의 비티스디아는 무성하게 우거졌습니다. 이웃들이 잎사귀를 보고는 놀려 댔습니다. 벌써 아이를 열 명쯤 낳으려고 한다고요.

마을에서 그리 멀지 않은 곳에 거대한 탄광이 생겼습니다. 저는 그곳으로 일을 나갔어요. 당신은 마을 도서관을 짓는 일로 바빠졌지요. 소음으로 가득한 어둠 속으로 빨려 들어갈 때마다 콧노래가 흘러나왔습니다. 결혼 자금을 모을 생각에 정신없이 바쁜 나날이 흘러갔습니다.

엽첩 2

너희들을 향해 마음을 털어놓는 일은 아주 오랜 습관이 되었다. 누군가를 그리워하며 안녕을 기원하는 일도 습관이 되었구나. 아니, 너희를 가꾸면서 누군가를 그리워하는 마음을 배우게 된 건지도 모른다.

부디 나의 그리움을 전해 주렴. 사랑하는 나의 아내에게.

로밀야, 나의 정혼자여.

탄광에서 일을 시작한 지 반년쯤 지났을 무렵, 서

로 바빴던 탓에 우리는 일주일에 한 번밖에 못 만났지요. 그러던 어느 날, 돌담 앞에서 뜻밖의 풍경을 마주했습니다.

순식간에 벌어진 일이라 영문을 몰랐지요. 우리가 함께 걷던 돌담을 따라 제 키를 훌쩍 넘는 높은 철조망이 생겼습니다. 뾰족하게 하늘로 치솟은 가시철조망은 바라보는 것만으로도 마음이 불안해졌습니다. 거대한 칼로 산을 완전히 반토막 낸 것처럼 길고 긴 철벽이 늘어섰어요.

우리는 철망을 사이에 두고 서로의 얼굴을 바라보았습니다. 어처구니없는 풍경 앞에서 애매한 웃음을 지을 수밖에 없었지요. 철망이 만든 그림자가 가위표처럼, 상처처럼 당신 얼굴을 가로질렀습니다. 나쁜 예감을 애써 떨쳐야 했습니다. 손을 잡을 수도, 당신을 끌어안을 수도 없어 괴로웠습니다.

제가 서 있는 곳에서는 당신이 건너편 세상에 갇힌 듯이 보였어요. 저는 어떻게 보였나요? 저도 이쪽 세상에 갇힌 것처럼 보였나요? 벽이란, 담이란 그 존재만으로 서로가 서로를 배제하는 상징이 되었습니다. 벽이 없던 시절에는 자유롭게 섞여 지내던 존재들을 한순간에 갇힌 존재로 만들어 버렸습니다.

철망 사이로 비티스디아 잎사귀를 하나 건넸습니다.

"나도요."

잎맥을 바라본 뒤 당신이 답했습니다. 사랑한다는 메시지에 당신이 화답해 주었습니다. 당신이 있기에, 불안한 세상을 눈앞에 두고도 낙관하는 웃음이 터졌습니다.

우리 마을 장로님들도 쉽게 비관하지 않았습니다. 철벽을 설치한 북쪽 얼음산국에 대화를 요구했습니다. 장로님들은 회담을 위해 곧장 북쪽으로 여행을 떠났습니다.

바쁘게 길을 떠나는 와중에도 장로님들은 대화와 협력을 상징하는 비티스디아 분재를 잊지 않으셨어요. 당혹스럽다는 표현이나 무슨 짓이냐는 항의, 좋은 말로 할 때 무례함을 거두라는 위협을 전할 잎맥은 없었을까요? 장로님들을 배웅하며 저는 비티스디아에 담긴 메시지가 평화뿐이라는 사실을 떠올렸습니다. 언젠가 꼭 전하기 위해 우리가 시간을 들여 준비해 온 말은 사랑한다는 말이었습니다. 협박하는 말, 도발하는 말, 자극적인 거짓말 따위는 식물을 키우듯 공들여 준비하지 않았습니다. 다른 곳은 몰라도 적어도 우리 마을 사람들은 그랬습니다. 그래서 기꺼이 낙관했습니다. 장로님들이 돌아오면 철벽은 사라질 거라고 기대했습니다.

그즈음 저는 신중하게 비티스디아를 기르기 시작했습니다. 행여 당신이 불안과 의심을 감지할까 봐 일그러진 잎맥은 고르지 않았습니다. 당신과 잎사귀를 주고받으며 잎맥의 의미를 조금은 가늠하게 됐나 봐요.

철조망을 사이에 둔 채 우리는 어깨를 나란히 하고 걸었습니다. 단호하게 단절을 말하는 무정한 이 상황이 우리 사랑을 더욱 단단하게 만들어 주길 바랐어요. 그때만 해도 철망이 헐거웠기 때문에 얼마든지, 땅을 파서라도 당신에게 건너갈 수 있다고 생각했지요. 하지만 함부로 철망을 부수거나 건너다니면 장로님들의 협상에 불리하게 작용할까 봐 자제했습니다. 당장 건너가지 않은 이유는 고작 그뿐이었어요. 당신을 만나고 싶은 마음이 크지 않아서가 아니었습니다.

철조망 사이로 매일 당신에게 잎사귀를 건넸습니다. 사랑과 약속을 새긴 잎맥을 골랐습니다. 우린 곧 함께 살 거예요. 그러니 조금만 기다리지고요, 사랑하는 나의 아내여.

로밀야, 나의 아내여.

같은 민족이었던 우리가 두 개의 나라가 되었대요. 국경과 나라라는 단어의 뜻이 점점 더 이해되지 않았습니다. 우리가 나란히 걷던 그 돌담이 국경이 될 줄 누가 알았겠어요? 도대체 왜 당신 마을과 우리 마을 사이에 철벽이 놓여야 했을까요?

그즈음 저는 뒤늦게 깨달았습니다. 제가 세상을 제대로 이해한 적이 없었다는 걸요. 이해하려고 노력한 적도 없었다는 걸요. 정성을 다해 농사를 짓고, 탄광에서 땀 흘리며 일하고, 잎을 가꾸고 사랑하며 사는 것만 생각했을 뿐이었습니다. 소박한 일상을 차곡차곡 가꿔 가는 것을 인생의 전부로 생각했어요. 저를 둘러싼 세상을 제대로 분별하지 못했습니다. 그게 너무도 큰 죄였나 봐요. 가혹한 벌을 받는 것만 같았습니다.

장로님들은 돌아오지 못했습니다. 아니, 모두 차가운 몸으로 돌아왔습니다. 사람들의 비명과 울음소리에 마을 곳곳의 비티스디아가 얼어붙었습니다. 장로님들과 함께 떠났던 분재도 전부 박살이 나 말라 죽은 채로 돌아왔습니다.

철벽은 더욱 단단해졌습니다. 곧 철조망 근처에도

다가가지 못하게 되었습니다. 철조망 너머로 당신을 바라보는 일조차 불가능해졌습니다. 너무도 갑작스럽고 비현실적인 소식에 머릿속이 하얘져 한참이나 흐리멍덩하게 서 있었습니다. 사람들은 슬퍼했지만 저는 아무런 감정도 터뜨릴 수 없었습니다. 아무것도 제대로 파악할 수 없었거든요.

산을 완전히 반토막으로 가른 철벽은 끝이 보이지 않을 만큼 확장되었습니다. 그 끝없는 절연을 국경이라고 부르다니. 철벽 너머에 사는 사람들도 같은 민족인데 말이지요. 잎새 마을과 밑동 마을, 그리고 수지 마을 사이에 크고 작은 차이야 있었지만 이토록 명료한 경계 따위는 없었는데, 왜 갑작스럽게 분리되어야 했을까요? 이해할 수도 해석할 수도 없고 그저 기괴하기만 했습니다.

철벽 중간에 철문이 하나 생겼습니다. 건너편으로 갈 수 있다는 말을 듣고는 냉큼 달려갔습니다. 그런데 철문을 통과하려면 여권이라는 게 필요하다고 했습니다. 그게 뭔지 알 수 없었어요. 본 적이 없었거든요. 여권을 만들려면 국적이 필요하다고 하더군요. 우리 잎새 마을이 속하게 된 북쪽 얼음산국의 국적을 취득하면 여권을 만들 수 있다고 들었습니다. 해결책이 생겼다는 생각에 내심 반가웠습니다.

그런데 장로님들의 유족을 중심으로 마을 사람 대부분은 얼음산국 국적 취득을 격렬하게 반대했습니다.

"살인자들의 나라에 속할 수 없다."

"살인자들이 처벌받지 않는 곳을 내 나라라고 부를 수 없다."

"우리는 생김새도 언어도 문화도 얼음산국과 다르다."

로밀야, 당신을 만나겠다는 일념만으로 장로님들을 살해한 자들의 나라에 속하자고 주장하다 저는 마을 사람들에게 뺨을 맞고 말았습니다. 그러자 아무 말도 할 수가 없었어요. 정말 미안해요.

밑동 마을로 딸들을 시집보낸 분들 곁에 서서 하염없이 울었습니다. 이번에야말로 완벽하게 갇힌 것 같다는 생각이 들었습니다.

로밀야, 저는 당분간 기다리기로 마음먹었어요. 당신처럼 담대한 모험가는 아니지만 저는 끈기 있는 사람이니까요. 일시적인 이별이 끝나면 당신과 오래오래 함께할 안정된 일상이 찾아올 거라고 믿었습니다. 당신이 국적을 취득해 우리 마을로 넘어올 가능성도 상상해 보았습니다.

그저 모든 가능성을 품고 기다렸습니다. 간절히 기도하며 기다렸어요. 국경이 무너지길, 장로님들을 몰살한 냉혹한 자들이 천벌을 받길, 얼음산국이 멸망하길, 그리고 무엇보다 어떻게든 당신을 다시 만나길…… 그즈음 제가 키운 비티스디아 잎맥에는 기다림과 낙관이라는 메시지가 깊이 새겨졌을 거예요.

시간은 느리게 흘렀습니다. 광산 입구 가까이에 컨베이어벨트가 놓였습니다. 주변 고산지대에서 채굴한 구리와 아연을 수백 킬로미터가 넘는 긴 파이프라인을 통해 중간 기지를 거쳐 대륙 반대편 항구로 보낸다고 하더군요. 농사를 짓던 마을 사람들까지 일제히 탄광으로 일을 나섰습니다. 일은 고되었지만 농사일보다 수익이 반절은 더 많았으니 마다할 이유가 없었죠.

매일 아침 떠오르는 해를 등진 채 깊은 광구로 들어갈 때면 우울했습니다. 열심히 벌어 신혼살림을 갖추겠다는 목표가 기한 없이 미뤄졌습니다. 이전에는 일터가 밝게만 빛나 보였는데 그즈음에는 전혀 달라 보이더군요. 깜깜한 슬픔이 저를 잠식했습니다. 낮에도 밤에도 심연과 다를 바 없는 삶이로구나…… 당신만 곁에 있었더라면 조금 유보된 빛이라 생각했을 텐데요.

마을의 비티스디아는 기이한 모양으로 거칠어졌고 무성해졌습니다. 그즈음 마을 어른들은 잎맥이 복잡하게 변했다고 말하더군요. 우리의 메시지를 모두 담을 수 없다는 듯 말이에요.

그때 당신의 하루하루는 어떻게 흐르고 있었나요? 궁금해 미칠 것 같았지만 알 방법이 없었습니다.

저는 마을 사람들과는 거리를 둔 채 종종 숙모님 댁을 찾아갔습니다. 숙모님도 밑동 마을로 시집간 따님과 손녀를 그리워하셨어요. 워낙 강인하고 긍정적인 분이라 곁에서 단단한 희망의 말을 듣는 것만으로도 기운을 낼 수 있었습니다.

"잘 있을 거다. 거기도 사정이 생겼겠지. 밑동 마을과 우리는 이제 아예 다른 나라가 되었다고 하니 곧 그쪽 나라 여권을 만들어서 넘어오지 않겠니? 우리야 얼음산국과 타협할 수 없는 일이 생겨 버렸지만⋯⋯. 밑동 마을 사람들은 야무지다. 재작년 마을 연합 축제 때 수지 마을 운영자 하나가 재료비를 꿀꺽한 게 알려졌을 때도 그랬지. 밑동 마을 사람들이 나서서 바로잡은 거 아니냐. 웬만하면 눈감아 줄 수도 있었는데, 나쁜 선례를 남기면 안 된다면서 공정하게 대처했지. 그 이후로 축제준비위원회도 조직되고 사무규정도 생겼잖니. 아마 지금도 방법을 찾고 있을 거야. 우리 마을 사람들처럼 두루뭉술한 사람들은 아니니까. 시간이 더 걸릴 수는 있겠지만 말이다."

숙모님 곁에서 고개를 끄덕였습니다. 그동안 마을 일에 대해서나 쿠진족 연합 행사, 옆 나라에서 일어나는 일이나 탄광이 들어서는 일에 대해 딱히 관심을 두지 않았는데……. 제가 너무 어렸나 봐요. 아니, 너무 어리석었습니다. 당신을 기다리며 그제야 주변을 조금씩 돌아보게 되었어요.

장로님들이 돌아가신 뒤 장례위원회를 중심으로 후임 장로회가 생겼습니다. 당연하게도 향후 마을 일을 두고 얼음산국과 일절 협의할 수 없다며 강경한 태도를 보이는 분들이 장로로 선출되었어요. 저는 이후로도 마을 사람들과 한동안 거리를 두고 살았습니다. 얼음산국에 복속되길 주장했던 일로 꽤 서먹해졌거든요.

국경에서 최대한 가까운 곳에 비티스디아 씨앗을 심기 시작했습니다. 당신이 국경 건너편에 다가온다면 멀리서도 알아볼 수 있도록요. 함께 걸었던 돌담은

싸느랗게 변했어도 그곳은 우리가 미래를 약속한 곳이었습니다. 우리의 서약을 온통 제 몸에 새긴 비티스디아를 벌판 한가득 당신에게 보여 주고 싶었습니다. 단 한 장도 직접 전할 수 없다 해도 하고 싶은 모든 말을 담아 두고 싶었습니다. 당장 건넬 수 없는 수많은 말을 멀리서나마 울창하게 전하고 싶었습니다.

시간은 더디게 흘렀습니다. 비티스디아 나무껍질에 기이한 모양이 새겨지도록, 나이테가 기묘한 모양으로 소용돌이치도록, 시간은 몹시 무겁게 우리 마을 곳곳을 휘감았습니다.

잎도 피고 졌습니다. 새봄이 오면 색깔도 질감도 전혀 다른 잎이 새로 돋았지요. 새순은 단단해졌고 낙엽이 되었습니다. 이듬해에는 어김없이 또 다른 새순이 터졌고요. 비티스디아는 시간의 층위를 제 몸에 포개어 갔습니다. 제 마음도 마찬가지였습니다. 계절의 섭리를 온몸으로 맞으며 나이테가 굵어지는 동안 당신을 향한 그리움도 차곡차곡 단단해질 뿐이었습니다.

수시로 반듯한 잎을 신중히 골라 잘 말리고 옛 사진처럼 보관하는 습관이 생겼어요. 그것은 잎사귀 앨범, 엽첩葉帖이 되었습니다. 주책맞게도 키운 사람의 성정을 고스란히 드러내는 식물이니 잎맥에는 당신을 그리워하는 제 마음이 적혔을 거예요. 돌아가신 우리 장로님들처럼 잎맥을 읽을 줄 아는 사람들이 본다면 일기나 편지처럼 보이겠지요.

시간은 또 흘렀습니다. 몇 년간 태양을 보지 못한 채 줄곧 광산 안에서 지냈습니다. 해가 뜨고 지는 일도, 일조시간이 길어지다 짧아지는 일도 체감하지 못한 채 일에 몰두했습니다. 시간이 흐르는 일 자체를 외면하고 싶었습니다.

반복되는 생활에 세월은 쏜살처럼 빠르게 흘렀어요. 덜컥 불안이 덮쳐 왔습니다. 이 짧은 생이 끝나는 날까지 당신을 다시는 만나지 못할 거라는 두려움이 고개를 들었거든요. 봄이 오는 일도 반갑지 않았지요. 당연한 듯 찾아오는 새로운 시절을 한껏 기뻐할 수 없었습니다.

그즈음 같은 광산에서 일했던 동쪽 수지 마을 출신의 과묵한 동료에게 위조 여권 이야기를 들었습니다. 한동안 상당한 유혹을 느꼈답니다. 수지 마을과 인접한 국경을 거쳐 비밀리에 밑동 마을로 가는 걸 상상했어요. 마을 사람들이 대놓고 지지하지는 않으리라 생각했기에 속으로만 은밀한 상상을 키워 갔습니다.

모험을 꿈꾸며 비로소 당신 마음을 조금 이해하게 되었습니다. 모험의 끝에 당신이 기다리고 있으리라는 생각에 설렜습니다. 당신이 꿈꿨던 모험의 끝에는 무엇이 있었나요?

그러던 어느 날, 우리는 갑자기 태양 아래로 나오게 되었습니다. 광산이 고갈되었고 개발사가 철수했대요. 순식간에 일자리를 잃고 덩그러니 남겨졌습니다. 농사지을 때보다 수익이 많다고 생각했는데 계산 착오였습니다. 우리 자신의 미래를 미리 박박 긁어모은 뒤 파산한 거였어요. 밀려나고 보니 평소보다 반 절쯤 더 많다고 생각했던 수익은 큰 보상이 아니었음을 깨달았습니다. 햇빛도 못 보는 일터에서 짧은 기간 집중해 일한 대가로 후유증을 얻게 될 일은 생각해 본 적도 없었습니다. 번 돈을 치료비로 다 쓰고도 모자랄 만큼 심각한 질병을 얻은 이들도 적지 않았습니다. 개발사에 책임을 추궁해야 했으나 모두 먼 나라로 떠난 뒤였습니다. 우리가 스스로 미래를 온전히 주관할 수 없다는 게 뒤늦게 억울했고 원통했어요.

수년 만에 광산이 품은 자원이 완전히 바닥을 보일 줄은 상상도 못 했습니다. 광산의 자원을 이렇게 빼

앗겨서는 안 되었는데……. 철망이 아직 느슨했을 때 땅을 파서라도 건너갔어야 했는데……. 인생의 모든 선택이 모조리 통한할 일이 되어 돌아왔습니다. 광산에서 함께 일했던 동료들은 뿔뿔이 흩어졌습니다. 우리는 열심히 일해 온 우리 자신의 터전에서도 결국 밀려났습니다. 고향 땅이 냉혹하게 느껴졌어요. 한 번도 우리 땅인 적이 없었던 것처럼 외롭고 막막하기만 했습니다. 어떤 이는 일거리를 찾아 얼음산국으로 떠났습니다. 마을에 알리지 않고 조용히 떠났지요. 한참 동안 땅을 개간하여 힘겹게 농사를 재개한 사람도 있었습니다.

저도 그 후로 많은 일을 시도했습니다. 시간은 변함없이 저를 통과해 갔습니다. 얼굴과 손등에 비티스디아 잎맥처럼 깊은 주름이 새겨졌습니다.

그저 소박하고 행복하게 살기만을 꿈꿨는데, 삶은 각오보다 훨씬 많은 일을 제게 짐 지웠습니다. 모두에게 그랬듯이요.

엽첩 3

오래 돌보지 못했다. 미안하다. 홀로 남아 이렇게 울창한 숲이 되었구나. 버텨 줘서 고맙다.

내가 죽은 뒤에라도 나의 마음을 전해 주렴. 나의 사랑하는 사람에게.

로밀야, 오랜만입니다. 잘 지내고 있나요?

저는 탄광 일이 끝난 뒤로 많은 일을 겪으며 지냈답니다. 땅굴 속에 머물렀을 때도 한낮에는 태양이 빛나고 있었다는 사실을 뒤늦게 체감하며 살았습니다. 누구나 당연하게 느끼는 순간이 당연해지기까지, 때로는 아주 긴 시간이 필요한가 봅니다. 안정을 추구하던 삶이었는데 의도치 않게 모험하는 삶도 조금 경험했습니다. 잎새 마을과 광산만 오가던 삶에서 조금 벗어났다가 돌아오기도 했답니다. 새로운 곳으로 떠날 때마다 그리고 새로운 곳에 도착할 때마다 당신을 생각하지 않은 날이 없었습니다. 모험을 기꺼워하는 당신이었으니까요. 낯선 곳에서 당신과 조우할 수도 있겠다 상상했어요. 그런 순간이 온다면 이럴 줄 알았다는 듯 활짝 웃으며 당신을 마주하고 싶었어요.

그리고 손을 잡고 고향으로 돌아오고 싶었습니다. 아니, 어디든 좋았습니다. 잎새 마을이든 밑동 마을이든 아니면 새로운 곳이든. 우리가 고향이라고 부를 수 있는 곳으로 어디로든 함께 가고 싶었어요.

운명적인 우연이 우리를 다시 만나게 해 주길 소원했는데 안타깝게도 당신을 만나지는 못했습니다. 길다면 길고 짧다면 짧은 모험을 끝내고 저는 얼마 전 다시 잎새 마을로 돌아왔습니다.

당신과 헤어지고 벌써 삼십 년이란 세월이 흘렀습니다. 국경 가까이에 가꾸었던 비티스디아 숲에 마지막으로 들렀어요. 여기서 숲을 바라보고 있자니 옛일도 최근 일도 다 똑같이 느껴집니다. 그때는 너무 성급하게 당신에게 다가서는 건 아닐까 두려웠는데, 지금 생각하니 바보처럼 시간만 허비하고 말았군요.

고지식한 성격 때문일까요. 당신을 쉽게 포기할 수 없었습니다. 누군가 제게 말했습니다. 고작 반년 알아 온 사이, 반년 뒤 결혼하자고 약속만 한 사이 아니냐고요. 시간이, 서약이 중요한 건 아니었습니다. 당신을 포기할 수 없었어요. 한때 스쳐 간 인연이라며 당신을 간단히 지워 버릴 수 없었습니다. 아니, 무엇보다 확인하고 싶었습니다. 당신이 건강하게 살아 있는

지를요. 그 사실만 확인하면 마음을 정리하려 했습니다. 당신의 생사를 알기 전까지는 제 마음을 내던질 수 없었습니다. 당신이 어딘가에서 건강하게 지내고 있다는 사실만 알아내면 쉽게 잊을 수 있었을 거예요.

로밀야, 이제 당신을 떠나보내야 할 때가 온 것 같습니다. 간소했던 제 삶에도 복잡한 일들이 생겼습니다.

저는 오 년 전 뒤늦게 결혼했고 아버지가 되었답니다. 당신에게 약속했던 신뢰와 희망을 이제는 딸아이에게 이어 주고 있습니다. 안부를 확인하지도 못한 채 끝까지 기다리지 못해 정말 미안합니다.

아내와 딸아이에게는 옛일을 말하지 않았습니다. 철벽이 생긴 뒤 사랑하는 사람과 헤어진 가족이 어디 저 하나뿐이던가요.

고향에 돌아온 직후, 오랜 습관처럼 정해진 의례처럼 국경 근처에 비티스디아 숲을 가꾸는 일을 한참이나 계속했습니다. 당신을 기억하는 사람들은 입을 다물었고, 당신을 모르는 사람들은 혀를 찼습니다. 입 다문 사람들의 표정을 보고 딸아이가 서운해한 줄은 얼마 전에야 알았습니다. 아내에게는 처음부터 숨김

없이 말했습니다. 그리고 숲을 가꾸는 일은 그저 오랜 습관이라고 고백했어요. 그리움은 습관이 되나 봅니다. 사무치는 그리움은 잎맥처럼 몸에 새겨지나 봐요. 한밤 산책길에 별을 올려다보는 일처럼 누군가의 안녕을 기원하는 일도 이제 습관이 되었습니다.

얼마 전 나이테가 잘 드러난 비티스디아로 긴 의자를 만들어 국경 수비대에 선물했습니다. 수비대 사람들은 그 허술하고 볼품없는 의자를 담배 태우는 공간에 내던져 두는 것 같더군요. 튼튼하지 못하다고 불평하면서 말이에요. 저는 그 의자가 함부로 사람들 발에 차이며 돌고 돌다 국경 건너편으로 내던져지길 기도했습니다.

로밀야, 당신을 그리워하는 일을 여기서 멈춰야 할 것 같아요. 잎맥을 들여다보는 일도 그만두려고 해요. 한낱 잎사귀일 뿐인데 너무 큰 의미를 부여했나 봐요. 살다 보면 새겨지는 주름처럼, 생채기처럼 자연스럽고 우연한 자국이었겠지요. 이제는 희망 속에서 앞날을 그려 볼 수 있는 사람만이 손금이나 잎맥 따위에서 메시지를 발견한다고 생각합니다. 저도 늙었나 봐요. 기껏 돌고 돌아 결국 뻔한 이야기에 안착하게 되었으니 말입니다.

당신을 포기하지 못한 것은 제 욕심이었을지도 모릅니다. 여기서 마음을 내려놓는 건 당신의 안부가 더는 궁금하지 않아서가 아닙니다. 당신의 안녕을 오래 기원했어요. 이제는 구태여 드러내지 않겠지만요. 남은 생을 다해 당신의 건강과 안녕을 기도하겠습니다.

로밀야, 지금 당신 곁에는 훌륭한 남편과 사랑스러운 아이들이 있겠지요. 부디 그러길 바랍니다. 따듯하고 안락한 곳에서 평범하고 건강하게, 즐겁고 행복하게 생활하고 있길 바랍니다. 꼭 그래야 합니다.

벌써 쉰이 넘었지만 여전히 세상은 불가해하기만 합니다. 얼음산국과 열도국이 오랜 전쟁을 벌인 이유가 정말로 두 나라의 종교가 다르기 때문이었을까요? 왜 우리 민족이 그 전쟁의 전리품이 되어야 했을까요? 납득할 만한 이야기는 하나도 없었습니다.

얼마 전에야 제가 일했던 광산 개발사가 다국적 기업이라는 사실을 알게 되었지만 놀라지 않았습니다. 얼음산국과 열도국이 지분을 반씩 가지고 설립한 기업이라는 점에도요.

남들이 우리 터전과 삶을 휘젓는 동안 우리가 제대로 우리 삶의 주인이지 못했던 것이 분할 따름입니다. 광산이 고갈된 뒤로 침략 행위가 없던 이유는 우리가 일궈 낸 독립 덕분이 아니었어요. 우리가 전보다 더 허약하고 부실해졌다는 증명일 뿐이었지요. 부끄럽고 비통할 따름입니다. 차라리 아무것도 몰랐던 시절이 나았을지 모르겠습니다. 어중간하게 알게 된 진실 속에서 무력함만 확인하고 있습니다.

최근 우리 마을 젊은이들이 얼음산국 여권을 만들겠다고 선언했어요. 삼십 년이 지났지만 국경은 무너지지 않았고, 장로님들을 몰살했던 냉혹한 자들이 천벌을 받지도 않았어요. 얼음산국이 갑자기 멸망하지도 않았으니까요. 젊은 친구들이 세상을 여행하고 돌아오겠다고 하네요. 모험을 원하는 새로운 세대를 헐거운 국경 따위로 가둬 둘 수는 없지요.

하지만 저는 영원히 얼음산국의 국적 따위 취득하지 않을 겁니다. 마을 사람들에게 뺨을 맞았을 때도 모두를 거스르고 국적을 선택하지 않았건만, 당신을 다시 만날 수도 없는데 이제 와 무슨 소용이겠어요.

로밀야, 당신을 그리며 가꿨던 비티스디아는 울창한 숲이 되었습니다. 잎맥에 떠올랐던 소박한 메시지는 단단한 나이테에도 새겨져 있을 거예요. 나무들이제 메시지를 몸속 깊이 품고 있을 겁니다. 모두 당신에게 보내는 편지였습니다. 언젠가 비티스디아 목재로 만든 의자에 앉게 된다면 나이테에 새겨진 편지를 읽어 주세요. 거기에는 줄곧 당신을 그리워한 제 마음이 다음과 같이 깊이 새겨져 있을 겁니다.

사랑하는 이여, 부디 건강하길, 어디서든 안전하고 평안하길.

로밀야, 당신 덕에 사랑을 배웠고 당신 덕에 모험을 했어요. 당신이 있어 저의 좁디좁은 세계 밖으로 한 걸음 용기 내어 나가 볼 수 있었습니다. 삼십 년 세월 동안 누가 뭐래도 당신은 나의 반려였습니다. 제 인생에 함께해 주어 고맙습니다.

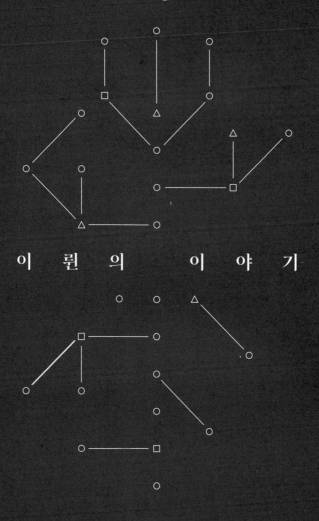

2 장

이 뤈 의   이 야 기

이륀은 부정할 수 없었다. 이렇게 매 순간 한 사람만 생각하다니……

'사랑에 빠진 게 분명해!'

이륀은 시도 때도 없이 연구소 동료 한을 눈으로 좇고 있었다. 한은 꾸밈없었고 그래서 사랑스러웠다. 이륀도 한 앞에서 구태여 꾸미지 않았다.

'있는 그대로가 제일 좋지!'

하트 모양처럼 보이는 커다란 나뭇잎을 들여다보며 이륀은 콧노래를 흥얼거렸다.

"사랑한다고 말하고 있다우."

할머니 고향 마을에서 만난 노인이 더듬더듬 잎맥

을 손으로 짚으며 해 준 말이 떠올랐다. 잎사귀 뒷면에 로맨틱한 메시지가 새겨져 있다는 거짓말 같은 얘기를 들은 이후 이륀은 비티스디아 잎에 강렬한 애착이 생긴 참이었다.

'분석을 끝내면 한에게 이 잎을 선물해야지!'

이륀은 피식 터지는 웃음을 꾹 억눌렀다.

'근데 나, 왜 사랑한다는 고백도 분석이 끝난 뒤에나 하겠다는 거지?'

이륀은 골똘히 생각에 잠겼다. 연구자로서 엄밀함을 요구받으며 살다 보니 자신의 감정에도 논리적 프로세스를 요구하게 된 걸까?

마침 한이 다른 동료들과 함께 이륀의 데스크 앞을 지나갔다. 이륀을 향해 한이 밥 먹었냐고 손짓했다. 한만 알아보도록 이륀은 살짝 고개를 끄덕였다.

작년 이맘때 데이터 분석 기준을 재고하는 프로젝트를 담당하며 두 사람은 팀이 되었다. 더 좋은 방법을 제안하며 의견을 나누다 상대의 기량을 알아보게 되었다. 같은 목표를 향하고 있었지만 서로 다른 배경 덕에 같은 사안을 바라보는 지점이 달랐다. 한 사람이 놓친 부분을 다른 사람이 보충했다. 서로를 보조하며 동료에서 팀원이 되었고 머지않아 조금 더 특별한 관계가 되었다. 한은 이륀이란 사람이, 이륀은 한이란 사람이 더 궁금해지기 시작했다. 올 초 담당하던 프로젝트는 끝났지만 서로가 궁금해지는 마음은 한창이었다.

'어쩌면 프로젝트와 사랑은 비슷할지도……?'

업무인 프로젝트를 이토록 로맨틱하게 생각하다니. 이륀은 또 한 번 터지는 웃음을 꾹 억눌렀다.

'근데 아무리 프로젝트를 많이 해도 왜 우리 팀장하고는 도저히 사랑에 빠질 수 없느냔 말이지.'

이륀은 생각했다. 사랑은 소통 방식에 따라 형태가 결정된다. 모든 업무는 소통이었다. 매번 삐걱대며 빠듯한 팀장과의 소통을 떠올려 봤다. 쌀 한 톨만큼도 인간적 관심이 샘솟지 않던 동료와의 협업도 생각해 봤다. 대화가 소거된 사랑, 오해와 편견으로 점철된 사랑이 가능할까? 교류가 시작될 기미가 없는 불통을 사랑이라 부를 수 있을까? 사랑이란 단어를 연상하기 힘든 자들의 얼굴을 떠올리며 이륀은 굳이 사랑을 생각했다.

퇴근 시간이 되자 이륀은 업무를 보던 창을 닫고 개인 연구 자료를 펼쳤다. 막 이만 팔천삼백사 번째 비티스디아 잎사귀 스캐닝을 끝낸 참이었다. 증조할아버지가 평생 소중하게 가꾼 숲에서 채취해 온 잎사귀였다. 비티스디아는 전 세계를 통틀어 단 1속 1종뿐인 희귀식물이었다. 몇 년 전 북반구를 덮친 열파 쓰나미로 고산지대 기후가 급변한 직후 비티스디아는 생태계에서 완전히 멸종했다. 이뢴이 연구를 위해 잎과 씨앗을 채취하고 보관해 둔 타이밍이 절묘했다.

비티스디아는 이뢴의 집안 대대로 미움받아 온 식물이었다. 특히 할머니는 항상 숲을 두고 악담했다.

"저렇게 무용한 식물은 세상에 또 없을 거다. 열매도 뿌리도 먹을 수 없지, 잎으로 차를 우려낼 수도 없지, 가구를 만들 만큼 단단하지도 못하지. 딱 우리 아버지 같다니까. 쓸모없는 노인네 같으니라고."

증조할아버지 세대까지 비티스디아는 소중한 식물이었지만 할머니 세대부터는 그저 무용한 식물이 된 듯했다. 이뢴은 비티스디아를 생각할 때마다 애처로웠다. 애꿎게 욕을 먹는 것 같았다. 게다가 지금은 멸종된 식물 아닌가? 마치 쿠진족의 운명을 고스란히 상징하는 듯했다.

할머니는 십 대 중반에 증조할머니와 단둘이 고향을 떠났다. 얼음산국의 수도로 이주해 살다가 얼음산국 사람과 결혼하고 이뢴의 아버지를 낳았다. 이뢴의 아버지 역시 얼음산국 사람과 결혼했다. 이뢴과 가족들은 쿠진족 출신이라는 사실을 떠올리지 않고 살았다. 쿠진족에게는 얼음산국 군대에 대항하다 고립된 비운의 역사가 있었다. 저항과 항거의 역사였지만 당시를 기억하는 후대는 자부하는 대신 가만히 입을 닫았다. 고산지대에서 담박하게 생활했던 사람들이 군대와 충돌했다. 결과는 두말할 것도 없었다. 질 게 뻔한 싸움에 기꺼이 목숨을 걸 만큼 쿠진족은 지나치게 순진했다. 그 대가는 후대에까지 엄청난 고통으로 남았다.

얼음산국에서 쿠진족이란 말은 곧 테러리스트를 뜻했다. 작은 부족이 군대와 충돌한 일화는 반세기도 더 지난 이야기였지만 아직도 얼음산국에서는 쿠진이란 말이 멸칭으로 쓰였다. 쿠진족의 순박하고 소박했던 풍습은 미개한 문화로 치부되었고, 비티스디아 잎을 보며 미래를 점치는 독특한 전통도 조롱당했다.

"자기 나라가 멸망할 줄은 점치지 못했나 봐?"

"전장에서 개죽음당할 운명인 줄도 몰랐나 보지."

이뢴은 사 분의 일 쿠진족이었지만 도시에서는 굳이 출신을 드러내지 않고 살았다. 사람들이 무심코 쿠진이란 말을 섞어 농담할 때마다 흘려들으려고 애썼다.

말도 안 통하는 곳에서 고생한 할머니의 삶을 잘 아는 이뤈 아버지도 곧잘 선조들을 원망했다. 증조할 아버지 세대가 조금 더 현실 감각이 있었더라면 민족 의 운명이 달라졌을 거라고 한탄했다. 탄광이 고갈된 직후에라도 점치는 식물 대신 고산지대에 적합한 구 황작물 등을 심고 길러야 했다고 탄식했다. 고집스레 관습에만 머물러선 안 되었다며 비통해했다. 그러니 미신 따위나 믿으며 대책 없이 낙관하다 비운의 종족 이 되어 사라진 거라고 개탄했다. 선조들의 이야기가 누군가의 혀 위에서 춤출 때마다 이뤈은 묵묵히 귀를 닫았다.

어릴 적 이뤈은 가족들과 할머니의 고향인 잎새 마 을을 찾았다. 증조할아버지가 평생 가꾸었다는 숲에 도 들렀다.

"와아!"

아름다운 숲에 이뤈은 첫눈에 반했다. 소박하지만 비합리적이며 다소 원시적인 촌락 사회인 줄로만 알 았는데, 숲은 쿠진족에 대한 이미지를 일순간에 바꿔 버렸다. 울창한 비티스디아 숲은 우렁찬 생의 기운을 가득 머금고 있었다.

이뢴은 퇴락한 잎새 마을에서 일상을 꾸리고 있는 노인들도 만났다. 이뢴의 할머니처럼 많이들 도시로 떠났지만 마을에 남아 농사를 지으며 사는 원주민도 꽤 있었다. 마을에 찾아가기 전까진 얼굴도 몰랐다. 줄곧 마을에 머문 이들은 다들 심지가 굳어 보였다.

어느 날 이뢴이 숲을 산책하는 중에 마을 어르신 한 분이 말을 걸어 왔다.

"얘네들이 자네를 아주 반기는구려."

쿠진어가 유창하지 못한 이뢴은 동시통역기를 켜고 어르신에게 물었다.

"절 반긴다고요?"

"지금 사락사락 인사하고 있잖우?"

바람에 흔들리긴 했지만 반긴다고, 인사한다고 표현하다니. 시적인 표현을 구사하시는 분이로군! 이뢴은 어르신의 표현에 웃었다.

그러자 어르신이 이뢴에게 설명했다.

"비티스디아는 아주 특별한 식물이거든. 옛날엔 잎맥을 보며 점을 치거나 비밀 편지를 주고받았지. 잎사귀를 편지 삼아 청혼을 했다우."

"청혼 대신 잎을 선물했다고요? 어떻게요? 잎으로 반지를 만드는 건가? 아니면 잎에 그림을 그리거나 글씨를 새기나요? 어떤 잎을 골랐나요?"

이뤈의 질문 공세에 어르신은 이가 하나도 남지 않은 검은 입속을 보이며 활짝 웃었다.

"그게 아니라우. 청혼할 사람에게 고백할 마음으로 일 년간 비티스디아를 키우는 거지. 그러면 얘네들이 사람 마음을 잎맥에 그려 준다우."

"세상에……. 엄청 낭만적이네요!"

"성인식을 마친 남자들은 좋은 씨앗을 골라 일 년간 비티스디아를 키웠다우. 그중에서 제일 예쁜 잎을 들고 맞선에 나가는 거지. 잎새에 그 사람의 평소 인성이 드러나니까 상대가 그걸 보고 성품을 파악하는 거라우."

사랑하고 청혼하고 결혼하는 이야기는 노인들의 노회한 마음마저 풋풋하게 만드는 걸까? 세상사 고뇌를 일절 모르는 사람처럼 낭만적인 이야기를 하는 어르신의 표정을 보며 이뤈은 살며시 미소를 지었다.

"와, 멋지네요. 근데 잎을 키운 사람의 품성까지 드러난다니 대충 키웠다간 큰코다치겠어요."

"후후, 맞아요. 그래서 옛날 우리 속담에 그 사람을 알고 싶으면 뒤뜰을 보라는 말이 있었지."

이뤈은 증조할아버지가 가꿨다는 울창한 숲을 둘

러보며 어르신에게 물었다.

"이 숲에선 어떤 사람이 드러나나요?"

그러자 어르신이 복잡한 표정으로 가까이에 있는 잎을 살며시 쓰다듬었다.

"많은 얘기가 보이는구려. 키운 사람의 복잡한 심경도 보이고. 이렇게 바라보고 있으니 비티스디아가 괜히 미워지기도 하는구먼. 얘들은 왜 우리 쿠진족과 함께했을까. 다른 사람들은 이 잎의 의미를 모르잖우?"

조금 전까지만 해도 지난 시절을 즐겁게 회상하던 어르신이 무겁게 한숨을 내쉬었다.

"다른 민족들도 비티스디아의 특별함을 알았다면 우리를 이해해 줬을까? 그들 곁엔 왜 비티스디아가 없었을까?"

한탄하던 어르신이 체념하듯 말했다.

"비티스디아는 무용한 식물이라우. 쓸모가 있었다면 다른 사람들도 세상 어디에서든 기를 쓰고 길러 냈겠지."

이뤈도 어르신을 따라 한숨을 쉬었다. 어르신의 말이 '관습과 신념을 소중히 지켜 왔지만 자신들에게는 아무것도 남지 않았다'는 참담한 속내로 들렸다.

이륀은 천천히 어르신의 발걸음에 맞춰 걸었다. 어르신이 걸음을 멈추고 커다란 잎에 손을 뻗었다.

"이 숲에서는 한 가지 아주 뚜렷하게 읽히는 메시지가 있다우."

"메시지요?"

어르신은 잎을 뒤집더니 손가락으로 천천히 잎맥을 쓰다듬었다. 손바닥만 한 잎에 힘줄처럼 뚜렷한 잎맥이 드러나 보였다. 어르신은 이륀을 바라보며 조곤조곤 낮은 목소리로 말했다.

"사랑한다고 말하고 있다우."

어르신은 더듬더듬 글을 읽어 내려가듯 잎맥을 살펴보았다. 천천히 언덕을 내려가는 그의 등을 바라보다가 이륀은 어르신이 쓰다듬던 잎을 따 주머니에 넣었다.

이륀은 어르신의 말을 오래 반복해 떠올렸다.

이륀은 성인이 되어서도 종종 잎새 마을의 비티스디아 숲을 찾았다. 숲속에 있으면 언제나 시원했고 동시에 포근했다. 바람이 불어 잎이 흔들리면 사락사락, 하는 소리가 들렸다. 어르신이 이륀에게 말해 준 표현 때문인지, 그때는 정말로 누군가가 목소리를 낮추고 소곤대는 소리처럼 들리기도 했다. 어르신의 말처럼 숲이 자신을 반기고 있다는 인상도 받았다. 그때마다 이뤈도 숲이 만들어 낸 청량한 기운을 폐부로 받아들이며 나지막하게 인사했다.

"오랜만이지? 나도 반가워."

그렇게 비티스디아 잎맥을 들여다보다 기이한 인상을 받은 건 비교적 최근 일이었다. 묘하게 아름답다고만 생각했는데 여러 잎맥에서 규칙적인 패턴을 발견했다. 직업병일지도 몰랐다. 이뤈은 대량으로 잎을 채취했다. 숲의 지도를 만들고, 수령을 추정해 메모하고, 어떤 나무에서 채취한 잎사귀인지 표본에 표식을 남겼다. 한 나무에서 반드시 여러 장의 잎새를 채취했다. 그리고 잎을 최대한 반듯이 스캔해 이미지 데이터로 저장해 두었다. 대량 데이터의 패턴을 분석하기 전에 꼭 필요한 자료 수집 절차였다.

몇 년 전부터 이뤈은 대량 데이터 속에 숨은 패턴을 분석하는 패턴 디스커버러로 일하고 있었다. 중구난방으로 보이는 각종 데이터를 대량으로 분석해 왔지만 식물의 잎맥에서 패턴을 구하는 시도는 처음이었다.

이뤈은 숲 지도와 나무를 일일이 손으로 그려 가며

메모했다. 식물원 지도도 아닌 숲 지도는 전례가 없었기에 전부 수작업이었다. 그렇게 정리한 지도를 기초로 나무의 배치 순서와 나이를 파악했다. 그리고 스캔한 잎사귀를 정렬해 순번을 매겼다. 그런 다음 잎의 유사 패턴을 그루핑했다. 잎 크기도 제각각인 데다가 패턴의 최소 단위 크기도 정해지지 않아 결괏값은 들쑥날쑥했다.

얼마 전 이뢴이 채취해 온 잎사귀 스캐닝을 완료했을 무렵, 마을에 남은 마지막 쿠진족 어르신이 돌아가셨다는 이야기를 전해 들었다. 그리고 안타깝게도 열파 쓰나미를 겪으며 증조할아버지의 비티스디아 숲도 완전히 멸절했다는 소식을 들었다.

"아……."

돌아오는 여름에 또다시 숲을 찾아 시원한 기운을 느끼고 싶었는데, 두 번 다시 찾아갈 수 없는 곳이 되고 말았다.

어르신의 한탄이 떠올랐다.

"다른 민족들도 비티스디아의 특별함을 알았다면 우리를 이해해 줬을까? 그들 곁엔 왜 비티스디아가 없었을까?"

이뢴은 곰곰이 생각했다. 비티스디아는 고산지대

이외의 지역에서는 자라지 못하는 걸까? 다른 고산지대에는 왜 비티스디아가 없는 걸까? 비티스디아가 잘 성장할 수 있는 특수한 토양조건이 있는 걸까? 물일까, 빛일까, 광물일까? 아니면 쿠진족만 아는 특별한 재배 비법이라도 있었을까?

이륀은 궁금했다. 비티스디아는 왜 특정 지역에서만 자라다 사라졌을까? 세상의 많고 많은 고산지대 중에서도 왜 하필 쿠진족 거주지에서 생사를 함께했을까? 쿠진족의 소멸과 함께 멸종한 데에 무슨 의미라도 있는 걸까?

'한 민족의 흥망성쇠와 함께한 식물이라니……. 여리달까, 의리가 있달까…….'

비티스디아 잎을 들여다볼수록 이륀은 애틋한 기분에 잠겼다.

숲이 사라진 후 이륀은 연구실 작은 화분에 비티스디아를 재배했다. 잎사귀를 채취할 때 씨앗을 한 줌 확보해 둔 게 천만다행이었다. 재배 조건을 달리해 열두 종류의 화분을 만들었는데, 싹을 틔운 씨앗은 단 하나였다. 이륀은 기도하는 마음으로 작은 새순에게 말을 걸었다.

"제발 잘 자라 주렴. 너만은 버텨라, 제발……!"

마을 어르신이 글을 읽듯 잎맥을 독해하던 장면은 이뤈에게 꽤 강렬한 기억으로 남았다. 바로 그 장면 때문에 잎맥에 특정 패턴이 있을 거라고 짐작하게 되었다. 하지만 아직 가설일 뿐이었다. 그리고 이뤈은 그보다 더 스케일이 큰 가설을 조용히 마음에 품고 있었다.

'비티스디아는 사람과 교감하며 잎맥에 메시지를 그려 낸다. 그리고 그 메시지는 인간이 해독할 수 있다.'

"이뤈, 뭐 해?"

금요일 퇴근 시간, 곁을 지나가던 한이 이뤈의 분석 데이터에 힐끗 시선을 던졌다. 함께 담당했던 프로젝트가 끝난 뒤에도 이뤈과 한은 가끔 저녁을 같이 먹었다. 편하게 속내를 드러내며 대화하는 사이, 말투가 바뀌고 호칭도 바뀌었다. 다만 다른 동료가 가까이 있으면 서로 깍듯하게 대했다. 둘만의 비밀이 생긴 것만 같았다.

'사랑은 비밀스러운 거니까.'

이뤈은 분석되지 않는 마음을 또 한 번 낭만적인 언어로 치환해 보았다.

"아, 이거 개인 연구. 이제 퇴근해?"

회사의 분석팀 담당자들은 업무 수행과 병행하는 개인 연구를 너그러이 용인받았다. 분석을 완료하기까지 긴 시간이 소요되는 프로젝트가 대부분이었다. 오랜 시간을 들였지만 분석에 실패한 채 초기 가설에서 한 발짝도 못 나가고 종료하는 프로젝트도 허다했다. 동료 연구자들은 종종 자기 일을 자조했다.

"우리 같은 연구자에게 필요한 자질은 '무언가를 끝내지 않는 것'이라니까."

정합성이 추출될 여지가 보이지 않는 프로젝트를 끝까지 붙잡고 있는 사람도 많았다.

"그런 연구자는 자기 확신이라는 망령에 사로잡힌 거야."

업무 특성이 그렇기도 했고, 단념하지 못하는 게 습관이 되어서이기도 했다. 이런 성품은 어쩌면 연구자로서의 숙명일지도 모른다고 이뤈은 생각했다.

얼마 전 연구실 동료들이 이뤈의 비티스디아 연구를 알아챘다. 잎맥에서 패턴을 찾는다는 이야기를 듣고 동료들은 노골적으로 비웃었다.

"아이고, 어려운 주제를 잡았네. 우리 연구실에 망령이 또 한 명 출현하겠어."

"왜 기를 죽이고 그래? 이륀, 열심히 해 봐. 다 해 봐야 아는 거야. 근데 나중에 안 말렸다고 우리 탓하면 안 된다?"

동료들의 농담에 이륀은 쓴웃음을 지어 보였다. 연구 과정을 드러내지 않기로 마음먹은 순간이었다.

사실 한 가지 더 조심스러운 문제가 있었다. 동료들에게 쿠진족 어르신에게 들은 이야기를 해 준다면 어떤 반응을 보일까? 분명 연구자로서의 자질까지 의심받을 터였다. 게다가 이륀이 쿠진족 출신이라는 사실까지 알려진다면? 얼음산국 출신밖에 없는 연구실이었다. 어쩐지, 라는 탄식과 함께 미개한 족속 출신이라는 혐오까지 더해질까 봐 겁이 났다.

한은 특유의 순박한 미소를 보이며 이륀의 모니터를 들여다보았다. 자조하는 데 익숙해 타인을 경멸하는 일마저 습관이 된 동료들과 한은 다를 거였다.

"누나, 우리 직업병일 수도 있어. 어떤 데이터든 수량이 많으면 중첩되는 것처럼 보이잖아? 쓰레기 더미를 봐 봐. 색깔까지 다 비슷해 보인다고."

이륀은 한만은 다르게 말해 주길 원했다. 한이 잘 볼 수 있게끔 모니터를 돌리면서 이륀은 방금 발견한 패턴에 대해 설명했다.

"이것 좀 봐. 잎새 크기가 다른데도 스캔해서 확대해 보니 정확하게 겹치는 패턴이 많아. 같은 문자여도 쓰는 사람에 따라 필체가 조금씩 다르잖아. 그 정도의 차이일 뿐이라고."

이뤈은 의심의 눈초리를 거두지 않는 한에게 다른 데이터도 보여 줬다.

"이것도 볼래? 은행잎처럼 잎맥이 두 길로 갈라지잖아. 근데 같은 나무에서 채취한 이 잎을 봐. 얘는 잎맥이 그물처럼 뻗어 있어. 이건 대나무 잎처럼 선이 평행하고."

"흠, 아예 다른 종이 섞여 들었나 보네. 이거 혹시 조화 아니야?"

한은 우연의 일치이거나 휴먼 에러일 가능성, 혹은 AI의 불완전성에 더 무게를 두었다. 프로젝트를 진행할 때에도 자신의 작업에 엄밀한 잣대를 들이대던 한이었다.

"우리 디스커버러 AI가 아직 멍청하잖아. 판독된 소스를 검증하는 게 더 중요할 것 같아."

"검증했다니까."

"몇 개나 했는데? 분석 작업보다 검증 작업이 더 힘든 게 우리 일이잖아."

이뤈은 조급해졌다.

'이 연구가 끝나면 한에게 사랑의 잎사귀를 건네고 싶은데……!'

이뤈은 한에게만 슬쩍 자신의 가설을 암시했다. 한이 알아줬으면, 하고 기대했다.

"아직 가설인데, 들어 봐. 패턴을 그루핑해서 임의로 문자를 붙였더니 말이 되는 것 같아. 임시 언어를 만들어 번역해 봤어."

"무슨 말이 나왔어?"

"음……. 번개 콧구멍……."

한이 큰 소리로 웃었다.

"그게 뭐야!"

"아직은 몰라. 하지만 맥락이 있을 거야. 갑자기 번개가 친 날 네 얼굴이 환해졌는데 콧구멍만 보였다거나……."

한이 과장된 표정을 지으며 웃었다.

"랜덤한 패턴에서 단어를 찾아 이야기를 뽑아내다니 누나는 분석가가 아니라 소설가가 되는 게 낫겠어!"

한이 시계를 보더니 이뤈의 어깨를 한 번 툭 치고는 농담하듯 말했다.

"근데 누나, 이거 점치는 거랑 거의 비슷해 보이는데? 왜 이렇게 미신에 집착해? 주말마다 손금 보러 다니는 과학자였어? 쿠진이야?"

이뢴은 맥이 탁, 풀렸다. 자신의 가설을 한에게 이야기한 것도 후회되었다. 이뢴의 표정이 싸늘하게 굳었다. 힐끗 이뢴의 얼굴을 살피던 한이 가방을 챙겨들고 일어섰다.

"나 먼저 퇴근할게. 주말 잘 보내."

한이 떠난 연구실에서 이뢴은 지긋지긋한 환멸을 느꼈다. 이뢴은 방금 한에게 느낀 새로운 감정을 자기 식대로 해석해 보려 했다. 대화가 중단된 사랑, 이해가 누락된 사랑, 오해로 점철된 사랑, 시작되지 못한 사랑……. 굳이 사랑으로 치환해 보려 애썼다. 그런데 혐오하는 사랑이 존재할까? 혐오를 사랑하는 사랑이 있을까?

"쿠진이야?"

한이 남기고 간 말을 이뢴은 되풀이해 떠올렸다. 한에게 동료 이상의 호감을 느꼈다. 프로젝트에 임할 때 이성적이고 합리적인 태도도 좋았다. 반성적이고 성찰적인 면, 모든 비논리를 의심하는 냉철한 면도 좋았다. 하지만 쿠진을 미신의 대명사로 표현한 그

한마디에 작은 호감은 썰물처럼 멀어지고 말았다.

이뤈은 부정할 수 없었다. 이토록 찰나의 순간에 한 사람을 인생에서 말끔히 떠나보내다니……. 한을 좋아했고 동료로 존중했지만 혐오까지 사랑할 수는 없었다. 혐오를 혐오하지 않는 것은 사랑이 아니었다. 굳이 사랑으로 치환하자면, 끔찍한 혐오를 혐오로 되돌려주는 일이 이뤈에게는 사랑이었다.

이뤈은 자신의 연구로 돌아왔다. 잎사귀가 정말로 메시지를 드러내는지 궁금해 시작한 연구였다. 단 한 사람에게 사랑을 전하기 위해 시작한 연구는 아니었다.

화분에 싹 틔운 작은 새순을 채취하지 않은 상태로 스캔했다. 디스커버러 AI로 분석해 보니 '의구심' '불안' 같은 단어가 떠올랐다.

'내가 동료들을 불신하는 걸 얘가 알아차렸나?'

자신의 가설이 사실이라면 이 식물은 도대체 어떤 식으로 메시지를 입수하는 걸까? 사람의 기운이나 속내를 알아채고 표현하는 걸까? 그림 그리듯 상황을 찍어 내는 걸까? 아니면 사람 말을 알아듣는 걸까? 혹시 사람의 음성을 녹음하는 걸까?

힌트가 될까 하는 심정으로 이륀은 쿠진족의 분단과 탄압에 관한 오래전의 기사를 읽었다. 북쪽의 얼음산국과 남쪽의 열도국은 쿠진족 거주지에 매장된 석탄과 천연가스를 두고 긴 전쟁을 벌였다. 그 바람에 인근의 밀림국까지 세 나라가 쿠진족 영토를 파이 나누듯 세 갈래로 나누어 차지했다. 십수 년 후, 세 나라로 흩어져 살던 쿠진족은 쿠진이라는 나라를 세웠지만 영토를 점령한 세 나라의 반대로 국가주권승인기구의 승인을 받지 못했다. 쿠진은 큰 나라의 소수민족으로만 국제 뉴스에서 간간이 언급될 뿐이었고, 그조차 널리 알려지지 않았다. 얼음산국이 주도한 광산 사업과 테러리스트 소탕 작전, 밀림국이 집행한 쿠진족 강제 불임 시술 등 민족말살정책, 그리고 열도국의 종교적 원리주의가 초래한 제노사이드 등, 세 강대국이 애써 감추고 싶은 이야기로만 남았다. 감춰진 이야기 속에서 쿠진이란 이름은 사라져 갔다.

이륀이 기사를 읽고 있는 사이, 디스커버러 AI가 보정한 분석 결과를 쏟아 냈다. 채 문장으로 완성되지 못한 투박하고 맥락 없는 표현들 사이에서 반복되는 단어가 눈에 띄었다.

비, 사랑, 깃털, 달, 영원히, 끝, 그리움, 섬, 사랑해…….

"시도 때도 없이 사랑을 말하다니, 너 좀 낭만적인 녀석이구나."

이뢴은 소심하게 오므라든 쪼끄만 잎을 조심조심 쓰다듬으며 말을 걸었다.

주말에도 이뢴은 연구소로 출근했다. 주중에는 쉼 없이 이어지는 미팅과 격한 목소리, 경망하게 들리는 타이핑 소리와 각종 소음으로 가득 차던 공간이지만 주말이면 정적 속에 잠겼다. 조용한 연구소 풍경을 바라보며 차를 마시는 게 좋았다. 월급을 위해 아등바등 달리고 있지만 한때 절실했던 일도 영원하지 않다는 것을 암시하는 듯한 풍경이었다. 지금과는 다를 어떤 미래에 이미 도착한 느낌이 들어 좋았다.

이뢴은 차를 마시며 화분에 물을 주는 동안 마치 어린아이를 대하듯 말을 걸었다.

"널 의심하는 게 아니야. 그러니 무럭무럭 건강하게 잘 자라렴."

잎사귀 스캔 작업과 데이터 정리 작업은 거의 끝났다. 패턴 분류 작업은 기준을 바꿔 가며 당분간 계속될 거였다. 시간이 필요할 뿐이었다. 숨겨진 맥락을 찾는 일은 명쾌한 방정식을 만들어 내는 일이다. 자연의 설계를, 그 일부를 인간이 이해하도록 알아내는 일이다. 신이 아닌 이상 애초에 인간이 완벽하게 추론할 수 없는 영역이다. 다만 인간은 도구를 통해 전체의 법칙 중 일부를 파편적으로 도출해 낼 뿐이다. 연구 결과가 숨겨진 맥락에 가닿느냐 아니면 무의미하게 흩어지느냐, 누구도 알 수 없다. 때로는 인간의 한계를 확인한 것이 겸허한 연구자의 결론이 되곤 했다.

무엇이든 쉽게 끝내지 않는, 오랜 습관이 된 인내심을 발휘할 순간이었다. 약간 떫지만 희미하게 달짝지근한 차를 홀짝이며 이뢴은 조금 공허해진 마음을 달랬다.

그때 연구소 계정으로 메일이 하나 도착했다.

제목: 안녕하세요. 우리 고향에도 말하는 나무가 있습니다.

말하는 나무라고? 동료가 장난 메일을 보냈나? 이뢴은 불쾌한 표정으로 메일을 열었다. 중학생이 쓴 듯한 짧은 유니버설 공용어 메일이었다. 표현은 단순했고 문법도 정확하지 않았지만 보낸 이의 의도만은 분명하게 감지되는 문장이 눈에 들어왔다.

당신의 블로그를 보았습니다. 우리 마을에도 오래된 비티스디아 정원이 있습니다.

이뤈은 메일에 첨부된 비티스디아 숲 사진을 보고 깜짝 놀랐다. 곧장 발신자인 발루의 마을을 지도에서 검색했다. 고산지대가 아니었다. 게다가 적도에 가까운 지역이었다.

"뭐야? 왜 거짓말을 하지?"

이뤈은 메일 속 다음 문장을 한참 들여다보았다.

언어 해독키를 전해 드릴 수 있습니다.

잎맥 패턴은 문자였던 걸까? 패턴을 언어 체계로 정리한 사람이 있었던 걸까? 해독키가 정말 있을까? 그런데 고산지대가 아닌 곳에서 비티스디아가 자란다니, 이 사람 말을 믿어도 될까?

이뤈은 의심을 내려놓지 않은 채로 다음 문장을 노려보았다.

해독키 전달을 위해 여쭙겠습니다. 당신은 쿠진입니까?

이뤈은 질문 뒤에 숨어 있을 의도를 생각했다.

당신은 쿠진입니까?
당신은 쿠진입니까?

뭐야 당신, 쿠진이야?

이뤈에게는 언제나 자명한 답이 있었다. '나는 사분의 일 쿠진이다.' 그러나 자명한 답일지언정 아무에게나 말할 수는 없었다. '어떤' 의도로 '누가' 질문했느냐에 따라 답은 달라졌다. 행여라도 악의가 포착되면 아무런 대꾸도 하지 않았다.

이뤈은 아무도 없는 주말 사무실의 풍경을 둘러보았다. 사무실 빈 의자의 주인인 동료들의 얼굴을 하나씩 떠올렸다. 다정해 보이는 표정 뒤에 슬그머니 배척하는 마음을 숨기고 있었을지 모른다고 생각하니 배신감마저 들었다. 평소 무심하게만 보였던 얼굴들에도 화가 났다.

이들 중 누군가가 이뤈에게 메일을 보낸 것 같았

다. 속아 내기 위해 자백을 유도하는 건가? 순수성을 검증하려는 건가? 빈 의자에 앉은 수많은 실루엣이 이뢴을 향해 같은 말을 하는 듯했다. 지긋지긋하게 들어온 말이었다.

"너, 혹시…… 쿠진이었어?"

얼음산국 사람들은 '얼음산다움'에 대한 견고한 소신이 있었다. '얼음산답지 않음'이 조금이라도 섞이는 것을 극도로 꺼렸다. 이 분의 일 혹은 사 분의 일로 희석되었다 해도 쿠진은 테러리스트라고, '얼음산다움'에 적의를 보일 리 없는 '순수한' 사람들과는 다르다고 했다. 그럴 때마다 이뢴은 의문이 들었다. 순수함의 불순한 위력에 대해. 서슴없는 배척이 순수한 지위를 획득하게 되는 위계에 대해.

이뢴은 종종 질문을 바꿔 스스로에게 물었다.

'나의 사 분의 삼을 구성하는 것은 무엇일까? 얼음산일까?'

얼음산 말을 모국어로 사용하고 있지만 이뢴에게 얼음산은 사 분의 삼도, 온전한 전체도 될 수 없었다. 태어난 순간부터 자신을 잠재적 테러리스트라 부르는 곳을 일방적으로 사랑할 수는 없었다. 악인도 용서하는 신이 아닌 이상, 사람의 마음은 당연한 것 아닌가?

얼음산국에서 쿠진은 악의 축이었다. 이곳 사람들은 출신을 두고, 피의 농도 따위를 두고 사람의 순도를 판정했다.

한때 쿠진족은 얼음산국 중앙정부에 무모하게 대항했고 대책도 없이 독립 국가를 선언했다. 완전무장 군대를 상대로 밭일할 때 쓰던 낡은 곡괭이를 치켜들었다. 곡괭이를 들고 밭일하다 카메라 앞에서 환하게 웃던 쿠진족의 옛 모습이 '군인을 죽인 뒤 웃고 있다'는 설명과 함께 뉴스가 되었다. '쿠진족도 이제 같은 얼음산국 국민'이라고 홍보하던 중앙정부도 흑색선전이 성공한 뒤에는 표정을 바꾸었다. 적국 대하듯 작은 마을을 상대로 대규모 진압 작전을 펼쳤다. 얼음산국은 다양한 민족이 모여 사는 나라였다. 단 하나의 소수민족이라도 독립국가로 인정받는 선례를 남겨서는 안 되었다.

대대적인 진압 작전으로 얼음산국 내 쿠진족은 멸절했다. 완벽한 몰살이었다. 쿠진이 악랄한 테러리스트의 대명사가 된 이후로 마녀사냥의 성공은 반복되었다. 반세기가 흘렀지만 얼음산국은 자국 내 정치적 결속이 필요할 때나 사람들의 시선을 다른 데로 돌려야 할 때 쿠진족 잔류 세력을 뉴스에 불러 세웠다.

흩어진 쿠진족 중에는 한때 부족의 장로들이라 불렸던 종교 지도자가 있었다. 장로회와 유족들의 종친회 같은 작은 모임도 있었다. 얼음산국 저녁 뉴스는 정기적으로 쿠진족 잔류 세력의 삶을 조명했다. 사람들을 선동하고 미신을 유포한다는 식의 보도였다. 국영방송 카메라는 집요한 파파라치처럼 쿠진족의 남루한 생활을 추적했다. 쿠진족의 빈궁한 터전은 음산하고 위험한 은신처로 비쳤다. 편파적인 뉴스를 접한 사람들은 남아 있는 쿠진족에게 거침없이 혐오를 표했다. 쿠진족은 고립된 후에도 더욱더 고립되었다.

"걔들은 곧 죽어도 자신들을 얼음산국 국민이라고 생각하지 않아. 도저히 섞여 살 수 없는 존재들이지. 그냥 분리하는 게 답인데 우리 땅에서 나가지도 않잖아?"

쿠진이 화제로 떠오르면 이뢴은 잠자코 듣기만 했다. 이뢴이 무반응을 보이기 위해 몸부림을 치고 있는 걸 사람들은 몰랐다.

"편협한 사람이 비논리에 빠지기 쉽잖아. 그러니 고립되어 멸망했지."

"너 왜 이렇게 말이 안 통해? 쿠진이야?"

학교에서 회사에서 거리에서 간략한 멸시와 간편한 조롱이 질기게 귀청을 때렸다. 누군가를 열외시키는 말은 열외의 대상이 아닌 사람까지 포함해 모든 이의 마음에 깊이 새겨졌다. 새로운 배제를 낳으며 속속 분열하고 증식했다.

당신은 쿠진입니까?

이뢴은 메일 본문을 한참 노려보다 휴지통에 던져 넣었다.
그 후로도 종종 발루라는 사람에게서 메일이 왔다.

줄기에 가까운 부분부터 읽지 말고 줄기와 먼 잎 끄트머리 부분부터 읽으셔야 해요.

잎의 가장 넓은 부분을 찾아 십 등분 하세요. 그 폭을 기준으로 프랙털 단위를 찾으세요.

계속되는 그의 조언을 귀담을지 말지 이뢴은 마음을 정하지 못했다. 그러던 어느 날 휴지통을 열었다. 계속 외면했던 메일이 단정하게 놓여 있었다. 어떻게든 눈에 띄려고 기호로 장식한 지저분한 스팸메일 사이에서 그의 소박한 메일이 오히려 눈에 띄었다.

지난번 메일에 제 소개를 제대로 못 해서 믿음을 드리지 못한 것 같아요. 숲 사진을 보여 드리면 믿어 주시리라 생각했어요. 답장이 없으셔서 다시 메일 보내요.
다시 인사드립니다. 저는 발루라고 해요. 열도국 남부에 사는 쿠진족입니다. 당신이 블로그에 올린 잎사귀 사진을 보고 반가운 마음에 메일을 보냈어요. 우리 고향에도 할머니들이 가꿔 온 정원이 있어요, 쿠진족의 비티스디아 정원입니다.

발루는 자신을 쿠진족이라고 밝혔다. 발루에 대한 의구심이 조금 옅어지고 신뢰가 싹텄다. 이뤈은 발루의 고향을 지도에서 다시 한번 검색했다.
"적도에 비티스디아 숲이 있다고……? 그럼 잎새 마을의 비티스디아는 열파 쓰나미 때문에 멸종한 게 아니란 말이야?"
잎새 마을에서 존재를 지운 비티스디아의 멸종에 또 다른 스토리가 있다는 생각에 마음이 아려왔다. 예민하고도 의리 있는 그 식물들은 잎새 마을 사람들이 모두 세상을 떠난 뒤에 스스로 생을 마무리한 걸까? 함께 살아갈 인간이 없어 자신의 자리마저 잃었다고 생각한 걸까? 평생 함께 살아온 인간의 죽음 곁에서 천천히 생의 의지를 내려놓고 죽어 간, 충실하지만 여린 사냥개처럼……

이뢴은 다시 메일을 읽어 내려가기 시작했다.

우리 마을 할머니들은 대대로 잎맥 패턴을 언어로 번역해 두었어요. 먼 옛날 쿠진족 언어학자가 만든 걸 우리 마을을 세운 선조 할머니가 기억하고 있었거든요. 그 덕에 우리 마을 사람들은 모두 비티스디아 언어를 읽을 줄 알지요. 나무가 한 살이 되면 잎을 채취해 잎맥에 새겨진 이야기를 번역해서 기록해 뒀어요. 키운 사람의 증언도 함께 수록해 두었지요. 우리는 이걸 '휴먼 그린북'이라고 불러요. 지금까지 오만 권쯤 만들었어요. 마을에는 비티스디아가 기록한 사람들의 이야기를 보관하는 도서관이 있어요. 우리 식구들은 대대로 도서관 사서로 일했답니다. 원한다면 언어해독키를 보여드릴게요. 시간 될 때 우리 마을에 한번 놀러오세요!

이뢴은 곰곰이 헤아렸다. 얼음산국에 병합되지 않

은 쿠진족이 있었다. 잎새 마을 남쪽에 살던 밑동 마을 사람들은 열도국에 편입되었고, 동쪽의 수지 마을은 밀림국에 편입되었다. 분단되고 이산하는 과정에서 분명 이륜이 알지 못하는 다른 곳에서 살아가게 된 쿠진족도 있었을 테다. 각지로 흩어진 이산가족들이었다.

그 순간, 발루의 새 메일이 도착했다.

당신에게 우리 할머니의 이야기를 들려드리고 싶습니다. 당신이 블로그에 공개한 잎사귀에서 마음 쓰이는 구절이 보였거든요. 어디에서 채취한 잎인가요?

이륜은 고민 끝에 답장을 써 내려가기 시작했다. 회사 동료나 다른 사람이 자신을 속아 내기 위해 악의적으로 유도신문을 한 거라 해도 이번에는 피하고 싶지 않았다. 이륜의 할머니가 북쪽으로 떠나왔을 때 남쪽으로 흩어진 사람의 이야기라면 직접 들어 보고 싶었다.

안녕하세요. 저는 이륜이라고 합니다.
사 분의 일 쿠진입니다.

제 증조할아버지가 가꾼 비티스디아 숲을 분석하고 있습니다.

비티스디아가 잎맥에 메시지를 새기는 게 맞습니까?

발루 씨가 연구하신 내용을 보고 싶습니다. 언어 해독키를 받아 보고 싶습니다.

곧장 답장이 도착했다. 언어 해독키라고 했다. 발루는 프랙털 단위를 찾아 잎을 세분한 뒤 해독키를 넣어 번역기를 거치라고 안내했다.

이륀은 그즈음까지 스캔해 둔 데이터를 몽땅 복사해 새 폴더에 넣었다. 새로운 프로젝트의 이름을 정하고 주석을 달았다.

-메시지 플랜트, 발루의 해독키로 재배열하다.

샘플 삼아 이전에 마을 어르신이 가리킨 잎맥, 사랑한다고 말하고 있다던 큰 잎을 화면에 펼쳤다.

이륀은 프랙털 단위를 나누고 네모난 범위 안의 문양을 추출해 한 줄로 늘어놓았다. 추출한 문양을 하나하나의 새로운 문자로 인식해 등록했다. 발루의 해독키를 넣자 각 문양이 로마자와 합쳐진 낯선 문자로 변환되었다. 이를 한 번 더 번역해 유니버설 공용어로 출력했다.

이륀은 출력된 말을 한참 들여다보았다.

"아……."

사랑하는 이여, 부디 건강하길, 어디서든 안전하고 평안하길.

잎새 마을 어르신이 잎맥을 읽으며 들려주었던 말이 떠올랐다.

"사랑한다고 말하고 있다우."

이륀은 새롭게 데이터 보정 작업을 시작했다. 최대한 반듯하게 인식되도록 스캔한 잎 이미지를 조율했다. 프랙털 단위를 구하는 함수를 만들어 잎에서 문자를 추출했다. 발루가 보내 준 언어 해독키 안에 포함된 수만 개의 상형 문자를 기준으로 삼았다.

숲에서 채취한 잎을 시간순으로 재배치하는 작업도 필요했다. 잎의 나이를 분석해 데이터에 순번을 부여했다. 식물의 광합성 반응 기록과 엽록소 함량, 식물 내 탄소 결합 반응을 분석한 캐빈 사이클을 기초로 했다. 잎의 나이를 분석한 기존 연구 '리프 에이지'를 자신의 데이터에 적용했다. 리프 에이지는 적용할 실제 사례가 없어 도중에 연구비가 깎였다고 들었다. 최종 분석까지 수십 년이 걸렸다는 연구였다. 거기에도 끝을 내지 않으려는 사람이 있었다. 그의 끈기가 이뢴의 연구를 만나 빛을 발하게 될 줄 누가 알았을까.

랜덤하게 스캔해 둔 잎맥이 드문드문 맥락 없는 문장을 쏟아 냈다. 디스커버러 AI가 이뢴의 프랙털을 새로 분석하는 데는 시간이 조금 더 걸릴 듯했다.

이뢴은 발루가 첨부한 파일을 열었다. 기호로 가득한 휴먼 그린북이었다. 방금 자신이 프랙털 단위를 나눠 추출한 네모난 문양과 유사했다. 언어 형태가 비로소 눈에 들어오는 듯했다.

발루의 마을을 처음 세운 선조 할머니의 휴먼 그린북이라고 했다. 이뢴은 휴먼 그린북을 공용어로 번역해 태블릿에 넣었다.

밤이 깊어 가고 있었다. 얼음산국의 겨울은 혹독했다. 이뢴은 총총걸음으로 주차장까지 뛰어가 자율주행자동차에 올랐다. 원격시동으로 차 안의 차가운 기운을 미리 몰아낸 자리에 앉아 이뢴은 태블릿에 넣은 휴먼 그린북을 텍스트 투 사운드로 변환해 재생했다.

적도 가까이에 있는 어느 마을, 숲을 가꾸며 반평생을 회고하는 한 여성의 이야기가, 사랑하는 이를 그리워하는 사랑의 편지가 겨울밤 적막 속을 달리는 이륀의 차 안에서 천천히 흐르기 시작했다.

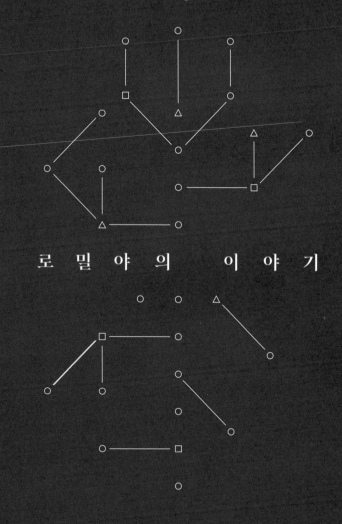

3 장

로밀야의 이야기

로밀야의 휴먼 그린북 1권

푸른에게

너와 처음 만난 날, 우리가 마주했던 첫 순간을 떠올리곤 해.

그 시절 나는 마을 도서관을 만드는 일에 온 힘을 쏟고 있었어. 착실하고 성실하게 일하는데도 어쩐지 힘 빠지는 나날을 보내고 있었지. 맞선에 나가 보라는 이모의 제안을 받은 건 그즈음이었어. 이렇게 바쁜데 맞선을 보라니? 나는 대뜸 화를 냈단다.

"이모, 무슨 소리야? 고작 한 사람을 보필하며 살라는 거야? 하늘을 날고 싶은 사람한테 새장에 들어가란 얘기라니까."

이모에게 여러 번 화도 내고, 마주치지 않으려고 아예 피해 다니기도 했어.

비티스디아 도서관을 만드는 일은 우리 밑동 마을 할머니들의 오랜 숙원 사업이었어. 너희 마을에는 비티스디아 잎맥을 해독하는 장로회가 있다고 했지? 우리 마을에는 학회가 있었어. 우리 할머니들은 연구자였어. 할머니 손에 자란 나는 할머니들이 조직한 학회 한편을 놀이방 삼아 유년기를 보냈지.

그들 곁에서 성장하는 동안 어느샌가 할머니들의 꿈은 내 꿈이 되어 있었어. 할머니들의 할머니 세대로부터 이어온 일, 비티스디아를 보존하고 연구하고 기록으로 남기는 일이었지. 매일 이어지는 탐구와 토의, 자신의 연구를 기꺼이 공유하고 더 좋은 결과를 함께 찾아가는 문화를 자연스럽게 지켜봤어. 어릴 때부터 할머니들에게서 식물을 가꾸고 식물과 소통하고 공존하는 방식을 들었어. 구두로만 전해지던 가르침을 명문화하고 싶었어. 도서관을 세워 오래도록 보존하고 싶었단다.

물론 도서관을 세우는 일이 우리 마을의 유일한 과업은 아니었지. 혼자서는 도저히 완수할 수 없다는 것도 알았고 말이야. 모두의 협력이 필요했지만 나는 조금 서툴렀어. 할머니들에게 건네받은 특별한 사명감을 말했을 뿐인데, 다른 사람들에게는 학교와 병원을 만드는 일이나 다른 어떤 일보다 우선해야 한다고 우기는 것으로 비쳤나 봐. 이모 말에 따르면 그때 나는 늘 거칠고 공격적으로 보였대. 이모는 내게 의도와 다르게 해석될 수도 있으니 반어법을 구사하지 말라고 조언해 주시곤 했지.

진심이 사람들에게 가닿지 않아서 한동안 힘들었어. 그때 우리 할머니가 말했어.

"모두의 힘이 필요한 일이라면 모두의 마음을 먼저 모으렴. 시간을 좀 들여서라도 듣고 이해하고 우리 삶에 새겨야지. 그게 우리와 함께 오래 공존해 온 비티스디아라는 특별한 존재가 준 교훈이란다."

나는 할머니 조언에도 매번 반박했어. 고지식할 정도로 착하게만 살라는 말을 듣는 기분이었거든.

"내 마음은요? 시간 들여서 내 마음을 읽어 줄 생각이 없는 사람들까지 일방적으로 사랑하란 말인가요? 도서관을 만들겠다는 사명감도 내겐 사랑이에요."

그러자 이모가 말했어.

"로밀야, 넌 아주 똑똑한 아이야. 선대가 수백 년 간 조금씩 쌓아 온 지식을 일찍이 깨치고 네 나름대로 재해석하고 있잖니. 아주 합리적이고 지혜로워. 그런데 말이야, 사랑에 대한 지식이 없어도 우린 사랑할 수 있단다. 사명감이 없어도 우린 사랑할 수 있어. 사랑에 조건이 붙는다면 누가 감히 제대로 사랑할 수 있겠니? 조건이 필요 없기에 누구든 사랑할 수 있는 게 아니겠니? 조건이 붙는다면 네 사명감은, 네 사랑은 아주 편협할지도 몰라."

세상의 많은 이야기를 오래오래 사랑하고 싶다는데, 그런 내 사랑이 편협하다고? 게다가 그 말끝에 딱한 권의 책을 엮는 일을 제안하다니. 휴······. 나는 뒤돌아 한숨을 쉬고 말았어. 누군가의 아내가 되는 일은 상상만으로도 너무 답답하기 짝이 없었어. 이제막 시작하려는 나만의 인생에 타인이 개입해 애꿎게 휘둘리는 건 아닐지 두렵기만 했단다.

고작 한 사람과 깊은 관계를 맺는 것이 사랑의 본질에 가깝다고 말하는 듯한 사람들에게 나는 한껏 반항 중이었어. 할머니들의 연구가 쉽게 사라지지 않도록 기록으로 남기려는 내 마음이 한층 더 차원 높은 사랑이라고 주장하고도 싶었지. 나는 갈수록 빡빡한 태도로 버텼어. 그런데 무언가가 옳다고 꿋꿋하게 믿는 것만으로 금방 외로워져 마음이 물러지곤 했어. 참 이상한 일이지?

솔직히 고백할게. 맞선에 다녀오면 도서관 준비위원회 인원 스무 명을 모아 주겠다는 어머니 말에 나는 잠시 시간을 냈어. 엉뚱한 이유로 널 만나러 간 거지. 날 만나기 위해 네가 준비해 온 시간에 전혀 화답하지 못했어. 이제야 사과할게. 정말 미안해.

너와 처음 만난 순간을 요즘도 떠올려 본단다. 널 한참 어리게만 봤어. 갓 스무 살이 지났다지? 잎맥에 새겨진 메시지를 열심히 설명하는 네 눈을 가만히 들여다보고 있자니 일찍 세상을 떠난 남동생이 생각나더라. 장로님들의 설명을 열심히 외워 왔을 널 보며 조금 웃었어. 떠밀려 나온 자리라는 생각도 희미해졌지.

우리는 낮은 산 하나를 사이에 두고 사는 같은 민족이었지만 너희 잎새 마을과 우리 밑둥 마을은 참 달랐어. 비티스디아 잎맥을 해석하는 법도 완전히 달랐지.

"뒤뜰에 키웠던 애들이에요. 성년이 되면 맞선에 나가야 한대서 작년부터 공들여 키웠어요."

연신 얼굴에 흐르는 땀을 닦으며 말하는 너를 보니 살짝 웃음이 났어. 열심히 잎사귀를 설명하는 너를 보며 느꼈어. 사람은 참 다양하구나…… 새삼 비티스디아 잎이 얼마나 다양한 사람들의 이야기를 담고 있는지 생각했단다. 키우는 사람의 수만큼 다양한 이야기지. 우리 마을에 세워질 비티스디아 도서관에는 그만큼 다양한 책이 놓일 거야. 이야기의 장르는 한두 가지가 아닐 거야. 다가올 사랑을 믿는 네 표정만큼이나, 혼자 외로워지고 마는 내 편협한 사랑만큼이나 다채로울 테지.

비티스디아의 경이로움에 가치를 두었던 나는 정작 비티스디아가 담고 있는 사람들의 이야기는 보지 못했어. 그릇만 보느라 거기에 담긴 음식은 놓쳤어. 사람들에게 지지를 얻지 못한 건 나의 사명감 때문이 아니라 무관심 때문이었던 거야.

신뢰와 희망이 또렷이 적힌 너의 잎사귀를 건네받아 한참을 들여다보았어. 그러고는 가져갔던 작은 흙반죽을 꺼내 그 자리에서 잎맥을 찍었지. 흙 반죽을 구워 목걸이로 삼겠다고 네게 약속했어.

그 후로도 종종 너의 잎을 들여다보곤 했어. 소박한 믿음을 단단히 새겨 자기 삶으로 만들어 내겠다는 네 마음이 읽히는 듯했어.

"사랑에 대한 지식이 없어도 우린 사랑할 수 있
단다."

너를 보며 할머니가 해 준 말을 곱씹었어. 우리는
달라도 사랑할 수 있다. 아니, 달라서 사랑할 수 있다.
거룩한 과업을 좇지 않을 때도 사랑할 수 있다. 아니,
어쩌면, 잎새 한 장만 한 믿음조차 모으지 않고서는
어떤 목적에도 도달할 수 없다. 너와 만나며 나는 그
렇게 전제를 바꿔 보기 시작했어.

얼마 후 나는 도서관 준비위원회에 참여할 사람들
의 정원을 하나씩 하나씩 방문했어. 정원마다 독특한
빛깔과 색감을 머금고 있어서 경탄했단다. 어떤 도서
관을 그릇 삼아야 이토록 다양한 빛과 색을 모두 담
을 수 있을까? 한 사람 한 사람의 이야기를 제대로 보
존하는 일을 상상하기 시작했어. 결과적으로 멋진 도
서관을 만들겠다는 결심과 다르지 않았지만 처음 각
오와는 완전히 다른 일이 되었지.

로밀야가 요즘 무뎌졌다느니, 사람을 이해하게 됐
다느니, 역시 결혼해야 성숙해진다느니 하는 말도 주
렁주렁 따라왔지만 가벼운 말에는 가뿐하게 반응하
게 됐단다.

그렇게 너와 나란히 돌담을 걷던 어느 날, 우리는 인생이라는 모험에 관해 이야기했지.

"당신이 돌아와 쉴 수 있는 자리를 만들어 놓고 기다릴게요."

특별한 사명감을 품은 바람에 인생에 또 다른 족쇄를 만드는 건 아닐지 염려하던 중이었어. 가능하다면 언제 어디로든 떠날 수 있는 유연한 사람이 되고 싶었어. 그게 내 꿈이었어. 정해진 곳에서 비슷한 하루를 쌓아 가며 살고 싶지 않았어. 한 사람에게 마음을 허락하는 바람에 다채로운 모험을 포기하는 것도 원치 않았어.

그런데 돌아오기 위한 모험이라니? 그동안 생각해 본 적 없던 여행을 제안하며 네가 손을 내밀었어.

"돌아올 때 미리 연락을 주면 어때요? 나가서 기다릴 테니 같이 돌아와요. 그러면 그 길이 우리가 함께하는 여로가 되겠지요?"

네 말이 참 새로웠어. 모험에 대한, 아니 인생에 대한 대전제를 바꿔보는 계기가 됐어. 돌아오는 길에 너와 만날 거라 상상하니 설령 혼자 떠나는 길이어도 외롭지 않을 것 같더라. 매 순간 서로를 위해 자신의 모든 것을 희생하지 않더라도 상대의 반려가 될 수 있겠구나. 서로의 여행에 베이스캠프가 되어 줄 수 있겠구나. 결혼이라는 게 하늘을 나는 걸 포기하고 새장으로 들어가는 일만은 아닐 수도 있겠구나. 처음으로 생각이 바뀌었단다. 할머니 말씀대로였어. 인간과 비티스디아가 각자의 방식으로 반려가 된 것처럼 우리는 공존하는 법을 배워 왔으니까.

너와 같이 걷던 돌담길이 영원히 이어진대도 함께 걷고 싶다고 생각했어. 나는 네게 다가가 살짝 입을 맞췄어. 그 순간 나는 너의 아내가 되기로 결심했어.

너와 맞잡은 손에서 뚜렷한 예감이 전해져 왔어. 이건 우리 이야기의 시작이라는 예감, 그리고 이야기가 아주 오래 이어질 거라는 아주 강렬한 예감이…….

로밀야의 휴먼 그린북 2권

이야기를 다시 시작하기까지 시간이 좀 걸렸다. 어떻게든 이야기를 남겨야 한다는 생각에 너희들을 다시 마주하게 됐다.

부디 나의 이야기를 남겨 주렴. 아무도 보지 않는 곳

에서 버텨 온 삶이 있었다는 이야기를. 한 인간의 오랜
싸움을⋯⋯.

　푸른아, 너와 재회하기 위해 나는 긴 여행을 시작
했어. 어디서부터 설명해야 좋을까⋯⋯. 너와 만나지
못한 수많은 이유가 있었어. 인과를 제대로 가늠할
수 없는 이야기가 날 기다렸어. 가는 곳마다 그랬어.
돌아오는 길에 너에게 미리 연락하지 못한 이유가 사
나운 얼굴로 매복해 있었어.

　높고 날카로운 철벽으로 우리 땅을 갈라놓으며 국
경을 세운 직후였어. 밑동 마을 사람들은 모두 모여
회의한 뒤 다 같이 검문소로 몰려가 항의했어. 남쪽
열도국에서 온 국경 수비대가 배치됐더라. 경계가 삼
엄했어. 총검까지 들고 있어서 전투에 대비하는 군대
같았지. 바람도 없는 주위가 소슬할 정도였어. 우리는
아무런 무기도 들지 않았지만 그들 앞에 서 있는 것
만으로 전장에 있는 듯했어.

　그들은 부자연스럽게 번역된 안내문만 말없이 가
리켰어.

　출입국 체크 포인트에 필수 서류를 제출한 뒤 대기

할 것.

　우리는 열도국 말을 할 줄 아는 사람을 물색해 다시 검문소를 찾아갔어. 검문소에서 여권이 필요하다는 말을 들었어. 쿠진족 출생신고서를 보여 줬지만 그들은 고개를 저었어. 그들은 우리를 '미승인국가'라고 불렀고 국경을 통과하려면 열도국의 여권을 준비해 오라고 했어. 우리는 줄곧 우리로 살아왔는데 승인을 받아야 한다고? 열도국의 여권이 필요하다고? 이해할 수 없는 이야기뿐이었어. 이유를 따져 물었지만 명확히 설명하는 이는 없었어. 우리를 바라보는 열도국 수비대의 얼굴에 옅은 경멸이 스치는 걸 봤어. 자기들의 행정 편의를 위해 필요한 서류일 터인데, 서류 미비가 경멸받을 이유라도 되는 걸까? 남을 경멸하는 표정을 짓는 것도 권력인가 보더라. 헐거운 권력이어서인지 위엄은 전혀 비치지 않더군. 고작 대리 권력자들이 사무적인 어조로 안내문만 읊어 댔어.
　"당신들은 열도국에 편입되었다."
　원인이나 대책은 일체 생략된 말이었어. 의문조차 허용되지 않는 말이었지.
　'그게 무슨 뜻인지나 알고 말하는 거야?'

따지고 싶었지만 그만두었어. 대리 권력자들의 눈빛 속에는 시키는 일만 수행하는 사람 특유의 공허함이 비쳤어. 자기 눈빛에 아무런 주장도 담지 않을 만큼 자신을 비워 낼 수 있는 사람만이 검문소 수비대로 파견되는 것 같더군.

그동안 밑동 마을 사람들은 의견을 나눴어. 쿠진족 국가를 외교적으로 승인받을 방법을 찾기로 했지. 생소하기만 한 일이라 어떻게 해야 하는지 몰라 모두 허둥댔어.

마을에 국경과 검문소가 생기고 나서야 나는 처음으로 열도국이란 나라 이름을 들었어. 언어도 종교도 문화도 우리 민족과는 전혀 다른 곳이었지. 그런데 우리가 열도국에 편입되었다고? 편입이라니? 누구 맘대로? 그토록 이해할 수 없는 말은 또 없었어.

오랜 세월 우리 쿠진족이 향유해 온 전통과 문화와 언어는 왜 독립적인 가치를 인정받지 못했을까? 미리 승인을 얻으려면 뭐가 필요했을까? 다른 큰 나라의 허락이 필요했던 걸까?

도서관을 완성하면 외교적 자격을 얻는 일도 우리 과업으로 삼아야겠다고 생각했어. 그러려면 너희 마을이나 옆 동네 수지 마을에 사는 쿠진족이 다 같이 모여 머리를 맞대야겠지? 새로운 사명감이 내 안에서 싹트는 걸 느꼈어.

나는 가족들과 의논한 끝에 너희 마을로 건너가기로 했어. 그러기 위해 우선 열도국 수도로 가 여권을 발급받기로 했단다. 필요한 모든 절차에 부딪혀 볼 생각이었어. 길을 내는 심정으로 내가 가장 먼저 떠나기로 했지. 조금 두렵지만 새로운 모험이 시작되려는 참이었어.

떠나기 전날 밤 도서관을 정리했어. 중요한 자료를 단단히 포장하다 보니 금세 날이 밝아 왔지.

'돌아와서 다시 정리하자.'

불길한 예감을 끊어 내듯 나는 손을 놓았어.

길을 나섰어. 간소한 배낭을 둘러메고 평소처럼 차려입고 남쪽으로 향했어. 네가 선물해 준 파란 스카프, 너희 어머님이 직접 짜셨다는 그 푸근한 스카프를 어깨에 둘렀어. 너희 마을 사람들이 내 어깨에 손을 얹고 여행을 격려하는 것만 같았지.

조금 외롭고 무서웠지만 동시에 설렜어. 이번 모험이 나중에 올 사람들의 걸음을 가볍게 해 줄 거라 상상해 봤어. 혼자 떠나고 있었지만 돌아올 순간이 기대됐어. 돌아올 때는 네게 편지를 부쳐야지. 함께 돌아올 수 있으면 좋겠다고 생각했어. 내 여행의 끝은 경쾌해질 거라 믿었어.

황소가 느릿느릿 끄는 수레를 얻어 타고, 이국에서 폐기했는지 낯선 글자가 쓰인 낡은 버스를 갈아타고, 그러고도 또 한참을 걸었어. 고산지대를 벗어나자 점점 해가 길어지고 날씨가 더워지기 시작했어. 주위가 남쪽 풍광으로 변하고 있음을 체감했어. 어느 순간 사람들의 말뜻이 하나도 들리지 않기 시작했어. 보이지 않는 경계를 넘었다는 걸 알았지. 한편으로는 안도했어. 거쳐 온 길에 날카롭고 높은 담 따위는 없었거든. 겨우 철벽 따위에 우리의 언어가, 우리라는 존재가 가둬지지 않는다는 걸 체감했어.

여행 초기부터 꽤 고달팠어. 다행히 곳곳에서 여행자의 고달픔을 이해하는 사람들을 만나 다음 걸음을 이어 갈 수 있었지. 긴 모험에는 반드시 사랑이 필요했어. 불연속적일지언정 다음 모험을 지속할 작은 사랑이, 사람의 인정이……

안락함을 포기하고 싸구려 숙소에 몸을 오그려 외로움을 견딜 때면 생각했어. 누군가와 함께 살기로 결심한다는 것은 낯설고 무서운 곳에 제 발로 들어

가는 거로구나. 지붕도 없는 험한 길 위에서 너와 재회할 순간을 상상했어. 어둠 속에 머물러 있기에 더욱 또렷해 보이는 별을 올려다보며 생각했단다. 너와 함께 살 길을 앞서 걷고 있다고. 이 길은 우리 집으로 돌아가는 여정이라고.

보름쯤 지났을까? 여권 발급이 가능하다는 도시에 드디어 발을 들였어. 그 순간 가장 먼저 떠오른 생각이 뭐였는 줄 아니?

'돌아갈 때는 일주일만 걸리면 좋겠다.'

아직 관청에 도착하지도 않았는데 난 돌아갈 생각부터 하고 있었어. 돌아갈 곳이 없다면 떠나온 이의 심장이 이렇게 간절하진 않겠구나. 쿵쿵 뛰는 가슴에 손을 얹고 생각했단다.

도시에 들어서자마자 으스스한 기운을 느꼈어. 어쩐지 공기마저 무겁게 내려앉은 것 같았지. 후덥지근한 날씨와 어울리지 않게 뒷골에 따라붙는 서늘한 기운이 있었어. 어깨에 두른 파란 스카프를 단단히 여몄어. 네가 어깨를 감싸안아 준 듯해 겨우 두려움을 달랠 수 있었어.

좁은 골목을 지나던 때였어. 갑자기 누군가에게 머리채를 붙잡혀 목이 꺾이고 말았어.

"악!"

순식간에 바닥에 나동그라졌어. 속수무책으로 무차별 폭행이 쏟아졌어. 알 수 없는 말도 내리꽂혔어. 무슨 뜻인지는 모르겠지만 모욕하고 저주하는 말임은 알 수 있었어.

내가 아프다고 비명을 지르고 그만두라고 항의해도 그들은 멈추지 않았어. 깨진 이에 속살이 찔리도록, 부러진 뼈에 오장육부가 찢기도록 맞았어. 맞서기는커녕 그저 막아 보려, 기껏 피해 보려 안간힘을 썼지만 소용없었어. 그 폭력에는 거리낌이 전혀 없었어.

비굴할 정도로 울면서 빌었어. 제발 살려 달라고 사정했어. 비참하게 애원했어. 어떤 말도 통하지 않았어. 아마 알아들을 표현을 구사했더라도 그들은 멈추지 않았을 거야.

나중에야 들었어. 감히 여자가 머리카락을 가리지 않고 거리를 활보하는 건 그 도시에선 맞아 죽어도 싼 이유라고 하더라. 말이 안 통한 게 아니었대. 훤히 드러낸 내 머리카락이 그들의 질서에 맞지 않는 거였대.

초주검이 되도록 얻어맞은 뒤 나는 후미진 골목에 버려졌어. 너희 어머니가 짜 주신 파란 스카프를 전리품처럼 들고 가는 그들의 뒷모습을 실눈으로 바라보다 까무룩 의식을 잃고 쓰러졌어. 아무도 나를 일으켜 세우지 않았어. 나는 옅게 죽음을 예감했어.

그렇게 며칠이 흐른 걸까? 간신히 눈을 떴지만 꼼짝할 수 없었어. 뜨거운 뙤약볕 아래에서 덜덜 떨었어. 무기가 없어도 적이 되었고, 원하지 않았는데 국경에 갇혔고, 오해를 받아도 소명할 수 없었어. 다쳐도 치료받지 못했고, 내가 나라는 이유로 경멸당했어. 내 처지가 몸서리치도록 서늘하다는 사실만 또렷하게 느꼈지.

우연히 골목을 지나던 외국인 여행객이 나를 발견해 간신히 응급치료를 받았어. 은인들과도 말이 통하지 않아 고맙다는 인사조차 제대로 나눌 수 없었어. 회복을 응원하는 따뜻한 얼굴을 보자 눈물이 줄줄 흘렀어. 고맙다는 인사였는데, 내 마음이 제대로 전해졌을까?

며칠 후 여행객은 나를 데리고 도시를 벗어나기로 계획했어. 우리는 그림을 그려 가며 의견을 나눴어. 서로의 의도를 짐작했고 의향을 확인했어. 은인들은 이 도시에서는 내가 도저히 건강을 회복할 수 없을 거라고, 아니 살아남을 수 없을 거라고 생각했대. 돌아가야 한다고 울부짖었지만 망가진 몸을 뜻대로 움직일 수조차 없었어. 결국 그들의 계획대로 안전한 곳으로 이동해 몸을 회복한 뒤 길을 거슬러 오기로 동의했어.

신분증도 여권도 없었기에 나의 여행은 밀항이 되었어. 짐짝 속에 몸을 구겨 넣고 어둠 속에 잠겼어. 암담한 예감이 찾아왔어.

'돌아가는 길을 못 찾으면 어떡하지……'

암흑 속에서 너의 잎맥을 새긴 목걸이를 꼭 쥐었어. 너희 잎새 마을 사람들이 믿는 마법이 내게도 일어나길 기도했어. 네가 내게 건넨 신뢰와 희망을 나역시 놓칠 수 없었어. 푸른아, 나는 믿었어.

'나, 여기서 이렇게 죽진 않을 거야.'

그리고 희망했어.

'우리는 꼭 다시 만날 거야.'

짐짝 사이로 스며들던 미지근한 바닷바람이 다시 차가워지는 걸 느꼈어. 바다 위에 그어진 보이지 않는 국경을 넘은 거야. 사람이 그은 선 따위 상관없이 자유롭게 다니는 물고기들처럼, 나는 또 한 번 경계를 넘었어. 그렇게 생각하니 여권도 없이 어디에도 소속되지 않은 내가 물고기만큼이나 자유로운 존재 같더라.

이름 모를 여행객들과는 헤어졌어. 나의 은인들은 항구국에 도착하자마자 나를 항만당국에 부탁했어. 안전하게 돌봄을 받을 거라고, 통역을 비롯해 필요한 외교적 지원을 받을 거라고 기대했을 거야. 한두 사람의 선의만으로 감당할 수 없는 일에는 국가가 나설 거라고 믿었을 거야.

여권이 없는 나는 그 나라 수용시설로 안내되었어. 출입국 및 난민 관리청 산하 입국관리 시설이라는 곳이었어. 우리말을 구사하는 사람을 만나지는 못했어. 심장께를 가리키며 로밀야라고 외쳐봤지만 사람 이름으로 들리지도 않았나 봐. 국적도 여권도 없는 나는 밀항 외국인, 난민, 불법체류자 같은 이름으로 불렸어. 처음에는 언어 테스트가 아니라 정신감정을 받았으니 아마도 환자라는 명칭도 있었을 거야.

푸룬아, 믿을 수 있니? 그곳에서 나는 무려 십이 년의 시간을 보냈어. '입관'이라 부르는 입국관리 시설은 감옥이었어. 철벽이 생기고 우리 마을이 '미승인 국가'라는 이름에 갇히게 된 이후, 여권이 없다는 이유로 죄 없이도 창살 안에 머무는 일을 겪어야 했어.

매일 산 채로 관에 누워 있듯 밤을 맞았어. 살아 있어도 죽은 것 같다는 말을 이해했어. 세상은 차갑게 나를 가두고 버려 뒀어. 왜 내가 갇혀 있어야 하지? 왜 아무도 이상하다고 말하지 않는 거지? 세상은 내게 불가해하기만 했어.

도서관 건립을 준비하며 뜨겁던 한때, 널 사랑하며 따듯하고 평온했던 시절이 아득한 과거가 되었어. 너와 나란히 돌담을 걷던 시절이 꿈이었는지 현실이었는지 분간이 되지 않았어. 나는 날카롭고 열렬하면서도 온유했던 시절을 도통 기억해 내지 못할 정도로 서서히 식어갔어.

밖으로 나갈 수도 없고, 나간대도 어디로 가야 할지도 모르는 곳에서 나는 두 차례나 세상을 등지려 했어. 첫 번째 시도는 이곳 사람들의 통과의례처럼 여겨졌고 두 번째는 용기가 아닌 객기, 치기로 치부되었지.

두 번째 시도에서 눈을 떴을 때 축 늘어진 나를 필사적으로 끌어안고 간호한 이가 있었어. 같은 방에 갇힌 언니였지. 간신히 눈을 떴을 때 그의 간절한 눈빛이 보였어. 그는 나를 비난하지도, 걱정을 가장해 비아냥대지도 않았어. 눈을 떠 마주한 게 그의 눈빛이라 정말 다행이었어.

언어는 달랐지만 자신의 심장께를 가리키며 엘하디라고 말하는 그의 눈을 들여다봤어. 나도 내 심장을 가리키며 로밀야라고 말했어. 손가락질이나 번호 대신 처음으로 이름을 부른 상대를 만난 거였어.

나는 엘하디 언니를 의지했고 언니는 내게 의지했어. 우리는 이유 없이 아무 때나 손을 잡았고 아무런 맥락 없이 서로의 어깨에 기댔어. 미지근한 온기마저 느낄 수 없으면 심장이 식다 못해 얼어 버릴 것 같거든. 적막함에 숨이 막혀 미칠 것 같은 밤이면 무작정 언니 침대에 파고들어 하염없이 울었어. 어느 날은 언니가 어린 딸처럼 내 등을 두드려 줬고, 어떤 날은 내가 언니를 내 딸처럼 재워 줬어. 서로의 어깨에 기대어 생각했어.

'절대로 내 허락 없이 떠나선 안 돼. 나도 떠나 버리고 싶어질 테니까.'

그가 이곳을 포기하는 것이 나 역시 포기할 이유가 된다는 기이한 동일시였지. 내 존재를 몽땅 건 협박이었어. 우리는 상대의 존재를 단단히 자신에게 묶어 두었어. 생긴 것도 언어도 생각도 다른 사람에게 나조차 버거운 내 삶의 무게를 맡겼어. 그의 천근 같은 삶의 무게에 내 허약한 어깨를 내주었어. 매일 거울 보듯 그의 오묘한 눈동자 색을 들여다봤어.

엘하디 언니를 또 하나의 삶의 무게로 받아 안은 뒤로 나는 세상을 등지려는 시도를 멈췄어. 내가 포기하는 바람에 다른 이의 작은 희망까지 꺼트리고 싶지 않더라. 입관 시설에 들어와 처음으로 비관으로 내달리는 마음을 멈췄어. 그래도 낙관할 힘은 도통 나지 않았지.

나는 좁은 방에서 손바닥만 한 창문을 통해 하늘을 올려다보며 하루 대부분을 보냈어. 간신히 스며든 빛은 작고 미지근했지만 짧게나마 바라볼 수 있는 빛이 있어 버텼지. 어느 날, 작은 새가 창문틀에 앉았다 떠나면서 바닥에 작은 깃털을 남겼어. 천천히 깃털을 들어 올려 바깥 냄새를 맡아 봤어. 태양과 비와 흙탕물, 거리의 먼지 따위를 품고 있을 사소한 기운을 깊이 들이마셨어. 그러고는 창에 스며든 빛에 깃털을 비춰 보다가 작은 먼지에 뭉친 까만 씨앗을 하나 발견했어. 씨앗을 알아본 나는 펑펑 울었어.

"아⋯⋯!"

어디서 날아온 걸까⋯⋯. 그건 비티스디아 씨앗이었어. 가까운 곳에 분명히 누군가 있었어. 씨앗이 날아올 수 있는 거리에 우리라고 부를 사람이 있었던 거야. 씨앗을 날릴 수 있는 사람과 멀지 않은 곳에 내가 있다는 뜻이었어.

이상한 일이지. 나는 씨앗을 보고 신뢰와 희망을 말하던 너의 잎을 떠올렸어. 네가 너무나 보고 싶었어. 너와 걸었던 돌담길이 눈앞에 펼쳐지듯 떠올랐어. 널 꼭 다시 만나야 했어. 어떻게든 살아야겠다는 생각이 타올랐어. 처음으로 마음속에 온기가 피어올랐어.

"고마워요. 고맙습니다……."

곁에 있는 사람에게 말하듯 나는 씨앗을 날려 준 이름 모를 사람에게 인사했어.

우유 팩을 작은 화분 삼아 씨앗을 심고 조금씩 나의 하루하루를 키워 갔어. 작고 미지근한 햇빛만으로는 싹이 크게 자라지 못했어. 잎새가 너무 쪼끄매 원대한 포부를 그려 넣지는 못했지만 작은 희망을 싹틔웠어.

"잘 자라렴. 꽃을 피우고 씨앗을 터트리렴. 내가 밖으로 나갈 때까지……."

보이지 않는 경계를 훌쩍 넘는 바람처럼, 바다 위에 그려진 경계로는 한 치도 가둬 둘 수 없는 물고기들처럼, 사람이 세운 비정한 철벽과 돌담을 가볍게 뛰어넘은 씨앗처럼 희망은 거침없이 나를 찾아왔어. 혹여 영원히 이곳에 갇힌대도 씨앗을 키워 담 밖으로 내보내고 싶었어. 나의 메시지를 밖으로 전하고 싶었어. 자유를 향한 간절함을, 고향을 그리는 마음을, 너를 향한 사랑을. 비좁은 감옥 밖으로, 메시지를 이해할 사람들이 살고 있을 더 넓은 세상으로…….

잎새에는 작지만 선명하게 메시지가 각인되어갔어.

엘하디 언니와 함께 조금씩 항구국의 말을 배웠어. 밖에 나간다면 사람들에게 우리 마을로 돌아가는 길을 물어야 하니까. 물어물어 배에는 탈 수 있겠다 싶을 정도로 익숙해지니 십 년쯤 세월이 훌쩍 흘렀어. 그즈음에는 시설에서 일하는 사람들 말을 이해할 수 있었지. 표정과 다른 말뜻도, 악의를 숨긴 말도 알아듣게 되었어. 시설에 머무는 사람들의 피부색과 눈동자 색은 모두 달랐지만 항구국 언어가 공용어가 되었어. 나는 악의를 숨긴 표현을 듣고 이해했지만 내 입으로 구사하지는 않았어. 나는 이 나라 사람이 아니니까.

시설에서 일하는 사람들에게서 이전에 만난 국경 수비대원들과 비슷한 눈빛을 읽었어. 저들의 눈빛을,

눈빛이 품은 숨은 의미를 조금이라도 이해해 보고 싶었어. 그들의 차가운 눈빛 앞에서 존재가 투명해지는 것 같았거든.

그들에게도 지켜야 할 가족이 있겠지. 사명감도 있을 거야. 가꿔야 할 소중한 책이, 헌신할 과업이 있겠지. 평생을 바쳐 만들어 갈 자신만의 도서관도 있을 터야. 누구에게든 사명감이란 게 있을 거야. 국적이나 피부색과는 상관없어. 이 작은 비티스디아가 잎새에 품은 나의 긴 이야기만큼이나, 아니 그보다도 더 오랜 이야기가 있을 거야.

하지만 나는 그들의 이야기를 끝까지 발견하지 못했어. 아마 그들의 사명을 보지 못해서였을 거야. 언어가 통하지 않았기 때문일 거야. 미묘하게 악의를 숨기는 말과, 그런 말을 고안해 낸 문화를 아무리 노력해도 납득할 수 없었기 때문일 거야. 아무도 구하지 않겠다는 단호함에도 분명 숨은 이야기가 있겠지? 그렇게 믿고 싶었어. 우리를 구하지 않는 것이, 우리가 우리 자신을 경멸하도록 만드는 것이 그들에게 꼭 필요했던 걸까? 그게 혹시 자신들을 지키는 일이었을까?

이해할 수 없는 부조리함까지 담담하게 용납하긴

힘들었어. 보이지 않는 경계 밖으로 끊임없이 밀어내는 말과 몸짓에 익숙해지니 나조차 삶에서 나를 밀어내게 되더라. 그러니 어떻게든 이해하고 싶었어. 끝끝내 용서하고 싶었어. 나로서는 도무지 이해되지 않는 야만을…….

결국 항구국 사람 중에서는 엘하디 언니처럼 맥락 없이 손을 잡거나 이유 없이 기대어 울 수 있는 친구를 만나지 못했어. 안타깝게도 그들의 사명을 이해할 도리가 없었어. 항구국 친구가 필요했는데……. 단 한 명이어도 좋았는데…….

로밀야의 휴먼 그린북 3권

그렇게 십이 년쯤 시간이 흘렀어.

그러곤 갑자기 밖으로 나오게 되었어.

어느 날 입관 시설 거주자들이 속수무책으로 쓰러졌어. 처음에는 감기인 줄로만 알았어. 조금 춥다며 일찍 잠자리에 든 사람이 일어나지 못했어. 하룻밤 사이에 수십 명이 사망했어. 전 세계적으로 전염병이 돈다는 뉴스를 접했어. 뉴스를 보고서야 호흡기로 전염되는 병임을 알았고, 우리는 입던 옷과 이불을 찢어서 코와 입을 가렸어. 시설 관리자들은 아무도 출근하지 않았고 우리는 사망자들과 함께 갇힌 문 안에 방치되었어. 팔이 부서지도록 철문을 두드렸지만 초연하고 육중한 공허만이 사방을 감쌌어.

우리는 우리가 아는 항구국 말로 가장 험한 욕을 했어. 이불에 SOS를 써서 창밖에 펼쳐 널었어. 고향에 돌아가지 못한 채 차가운 몸으로 세상을 등진 이들을 우리는 아프게 추도했어. 여러 나라 말로 된 기도문이 시설 안 여기저기에 붙었어.

그리고 갑자기 문이 열렸어.

우리가 내건 SOS 표시를 바깥의 누군가가 사진으로 찍었다나 봐. 한 인권 단체가 이곳 상황을 세상에 알린 모양이야.

나는 엘하디 언니와 손을 잡고 건물 밖으로 나왔어. 무려 십이 년 만이었어. 그토록 오래 머물며 아무리 마음을 다잡아도 제2의 고향이 되지 못한 곳을 돌아봤어. 지극히 평범한, 특색 없는 건물이더구나. 주위를 오가던 사람들도 평범하게 지나쳤겠구나, 누군가 갇혀 있으리라고는 상상도 못 했겠구나 싶을 만큼 무표정한 건물이었어. 건물을 감싸던 보이지 않는 경계는 도대체 얼마나 높고 두껍고 견고했던 걸까? 베일 듯 날카로운 철벽이 만져지는 듯했어.

건물 앞 표지판에 붙은 이름을 천천히 읽어 봤어.

출입국 및 난민 관리청 산하 입국 관리 시설

항구국 사람들에게는 철저히 '남의 일'이었을 건조한 이름을 여러 번 불러 봤어.

어떻게 십이 년이나 머물 수 있었을까? 내보내 달라고 외쳤고 차라리 죽겠다고 외쳤지만 우리는 그곳에서 계속 기다려야 했어. 다음번 허가가 떨어질 때까지 기다리라는 말을 들었거든. 허가만 떨어지면 밖으로 나갈 수 있다고, 어디로든 갈 수 있고 일도 할 수 있고 돈도 벌 수 있다고 했어. 항구국에 속할 수 있다고 들었어. 그러니 물의를 일으키지 말고 그때를 기다리라고 하더라. 시설 관리자들도, 시설에 수용된 사람들도 그게 가장 현명하고 합리적인 행동이라고 했어. 다른 대책이 없었기에 나도 묵묵히 기다리는 일에 매진했어.

밖으로 나오고 한참 후에 알았어. 항구국에서 난민으로 인정받은 사람은 한 해 신청자 중 고작 0.2퍼센

트였대. 입관 시설에 머물렀던 사람만 백여 명에 달했어. 0.2퍼센트라니, 백 명 중 한 사람도 자유롭게 그 건물을 빠져나갈 수 없었다는 얘기잖아? 우리는 불합리한 숫자 속에 갇혀 있었어.

갇혀 있던 시절을 과거로 떠나보내며 시설을 나섰어. 나는 그저 이 순간을 기다렸어. 갇혔던 순간을 과거라고 말하게 될 순간을.

엘하디 언니와 나는 곧장 항구로 향했어. 길을 물으려고 말도 배웠는데 거리엔 아무도 없었어. 당장 우리 마을로 돌아가고 싶었지만 어떤 배를 타야 할지조차 알 수 없었어.

엘하디 언니는 자신의 고향인 사막국으로 함께 가자고 내 손을 이끌었어. 오랜 내전이 얼마 전 휴전을 맞았다고 했어. 말이 통하는 곳에 가서 나를 돕겠다고 했어. 나는 언니의 손을 꼭 붙잡았어. 그가 내게 잘가라고 손을 흔들지 않아 고마웠어. 나는 한 번 더 내 삶의 무게를 언니의 작은 어깨에 의탁했어.

입관 시설에서 지냈던 사람들과 함께 사막국 대사관에 들렀어. 거기서 물었더니 우리는 여전히 '미승인국가'라고 하더라. 열도국으로 돌아가 육로를 거쳐 북상하는 길도 생각했지만, 열도국 땅을 밟는 것을 상상하는 것만으로 죽도록 얻어맞는 듯한 감각이 떠올랐어. 언니는 자기 나라를 경유해 열도국으로 입국하라고 제안했어. 항로를 알아본 뒤 나는 언니 말을 따르기로 했어. 언니가 시설에서 사망한 사막국 지인의 여권을 내게 긴넸어. 친구의 나라였지만 수첩을 소지했다는 연유로 오랜 내전을 겪은 사막국은 나의 나라가 되었어.

우리는 드디어 배에 올랐어. 몇 군데 항구를 거쳤어. 길고 피곤한 여행이었지만 오랜만에 자유로운 바람을 느꼈어. 뜨겁게 내리쬐는 햇살도, 연약한 살결을 할퀴듯 불어닥치는 해풍도 소중했어. 난생처음 호흡하는 것처럼 나는 세상의 모든 기운을 온몸으로 빨아들였어.

사막국에 도착한 우리는 항구 가까이에 산다는 엘하디 언니의 가족을 찾아갔어. 그곳은 어마어마한 규모의 난민캠프였어. 휴전 상태라곤 했지만 오랜 전쟁은 어디로도 갈 수 없는 수많은 사람을 남겼어. 돌아갈 곳 없는 사람들이 새로운 고향을 만들며 살고 있었어. 단번에 그들을 친척처럼, 동료처럼 느낀 건 우리가 같은 처지이기 때문이었을 거야. 잃어버린 게

땅만은 아니었으니까. 돌아갈 길까지 잃어버렸으니까.

간소하다고 하기에도 너무 허접한 공용시설이 있을 뿐이었어. 수도도 전기도 없었고 위생적인 화장실도 없었어. 생계를 이어 갈 수단도 없어 보였어. 도착한 날, 캠프 한쪽에서는 화재가 발생했고 공평하게도 감염병이 캠프촌에까지 찾아왔더라. 평등한 재난이었지만 자신을 보호할 힘조차 없는 약한 사람부터 쓰러지는 걸 목격했어. 깔끔한 옷 위에 방호복을 갖춰 입은 사람들이 며칠 카메라와 함께 머물다 떠나가는 광경도 봤지. 나는 캠프에서 일어나는 일들과 일어나지 않는 일들을 물끄러미 지켜봤어.

비록 말은 통하지 않지만 사막국은 내 나라가 되었어. 새로운 땅을 천천히 돌아봤어. 깨끗한 물을 길어 올리면 어떨까? 물을 길어 갈 수 없는 노인들에게 가져다주면 어떨까? 무료해 보이는 아이들과 놀아 주며 우리말을 가르쳐 보면 어떨까? 밑동 마을에서 도서관을 만들 때처럼 마음이 작게 요동치기 시작했어. 손발을 움직이자 이곳은 비로소 내 땅이 되어 갔어.

구호단체에서 일하는 항구국 사람을 만나기도 했단다. 입관 시설에서 배운 말을 처음으로 사용했어.

항구국 밖에서 처음으로 항구국 사람과 친구가 되었어. 구호단체 사람들에게 들었어. 북쪽 얼음산국과 남쪽 열도국이 우리 마을 근처에 매장된 석유와 천연가스 때문에 긴 전쟁을 벌였다는 이야기를. 그 바람에 인근 세 나라가 우리 영토를 파이 나누듯 세 갈래로 나누어 차지했다는 것을. 그제야 알게 됐어. 쿠진족은 큰 나라의 소수민족이라고 불린다더라. 우리에게는 처음부터 나라가 없었다고 말이야.

비음이 많은 우리식 발음과는 한참 차이 나는 쿠진이라는 공용어 표기를 여러 번 되뇌어 봤어. 쿠진, 쿠진, 쿠진족…… . 잎새 마을이 속하게 되었다는 얼음산국도, 밑동 마을이 속하게 되었다는 열도국도 소리 내 발음해 보았어. 마음에 아무런 울림이 일지 않는 퍼석한 이름이었어.

고향 소식을 정확히 알 수는 없었지만, 돌아가는 길은 알게 되었어. 열도국 북쪽 항구로 운행하는 배편도 알아 두었어. 무차별 폭행을 당했던 열도국의 수도를 피해 가는 경로였지. 드디어 무사히 돌아갈 길을 알게 된 거야.

여비부터 벌기로 했어. 기왕이면 돌아갈 때 고향 사람들을 배부르게 할 씨앗을 잔뜩 사 가고 싶었어.

사막국에서 닥치는 대로 일을 했어. 캠프 안에서 일했고 캠프 밖으로도 나가 일했어. 고향으로 돌아가기 위해 살았어. 끼니를 건너뛰고 아픈 걸 참아 가며 악착같이 버텼어.

다시 십여 년의 시간이 훌쩍 흘렀어. 돈을 모으겠다는 목표가 있기도 했지만, 사실 나는 귀향할 날을 조금씩 미루고 있었어.

미루고 미루던 어느 날 너에게 편지를 썼어. 정확한 주소를 몰라 '얼음산국, 쿠진족 잎새 마을, 푸룬'이라고 적어 얼음산국으로 가는 구호단체 사람에게 건넸어. 발신인란에는 '로밀야, 너의 아내'라고 적었어. 편지에 내가 열도국 항구에 도착할 날을 알렸어. 나는 편지가 도착할 날짜를 충분히 두고 출발일을 정했어.

로밀야의 휴먼 그린북 4권

고향 이야기를 떠올리는 건 고통스러운 일이었다. 이제는 담담히 회상할 수 있을 만큼 나도 늙었나 보다. 사랑하는 사람들과 곧 만날 수 있겠지. 천국에서 말이야.

나는 이제 떠나지만 우리가 살아온 이야기를 푸르게 남겨 주렴. 시들지 말고 죽지 말고 건강하렴. 새봄이 오면 우리 이야기를 꽃피워 주렴.

사막국 친구들의 배웅을 받으며 드디어 고향으로 향했어. 캠프 사람들이 따뜻하게 환송해 줬어. 엘하디 언니는 내게 꼭 다시 오라고 당부했어. 이제는 친언니 같은 엘하디 언니와 한참을 포옹했어. 밑동 마을 사람들 얼굴을 떠올리니 반드시 돌아오겠다고 약속하진 못했어. 하지만 사막국은 두말할 것 없이 나의 두 번째 고향이었지. 이 나라가 완전히 종전하는 날, 사람들과 재회하고 싶었어.

너에게 편지를 부치고 반년 후, 열도국 서쪽 항구에 도착했어. 항구 근처에서 머물며 며칠 기다렸어. 항구가 잘 내려다보이는 언덕에 올라 종일 사람들을 바라보며 서성였지. 하지만 아쉽게도 너와 마주치지 못했어. 너를 생각하며 언덕 위에 비티스디아 씨앗을 심었어. 시설을 탈출하면서 가져온 비티스디아 씨앗이었어. 매년 식물을 길러 부적처럼 씨앗을 품에 지니고 있었단다.

항구를 떠나 육로를 거쳐 밑동 마을로 향했어. 세

어 보니 이십오 년 만이더구나. 여권을 들고 돌아왔으니 여행의 목적은 달성한 셈일까? 손안의 여권을 허탈하게 바라봤어. 돌아오려면 이게 필요했어. 그런데 이십오 년이나 쏟아부어야 할 만큼 귀중했던 걸까? 저들이 그은 선을 넘기 위해 필요할 뿐이었지. 애초에 우리가 그은 선도 아니었는데, 애당초 우리에게는 나라 이름 따위 중요하지도 않았는데. 나라라는 건 추상적인 관념일 뿐이란 생각만 들더라. 더구나 우리 민족이 세 나라로 갈라졌다는데 그중 어디를 내 나라로 선택해야 하는 거지? 혼자 정하고 싶지도 않았어.

감격스러운 상봉을 바라며 산을 넘었어. 마을 가까운 터미널에서 길을 잘 아는 젊은 운전사를 한 명 만났어. 쿠진족 출신이라고 했지만 운전사는 우리말에 매우 서툴더군. 그는 말수가 적었고 나와 눈도 마주치지 않더라.

씨앗과 선물이 가득 든 가방을 들고 밑동 마을 입구에서 내렸어.

"저기……. 여기서 내리면 한참 걸어야 해요."

운전사의 말에 나는 고개를 끄덕였어.

"알아요. 여긴 제 고향이니까요."

운전사에게 마을 공터에서 보자고 말한 뒤에 걷기 시작했어. 오랜만에 마주하는 우리 마을 풍경을 시야 한가득 담고 싶었어. 그리웠던 고향, 꿈꿔 왔던 곳, 돌아오기 위해 떠났던 곳, 사랑하는 사람들이 나를 기다리고 있는 곳.

먼지가 뿌옇게 이는 허허벌판에 선 나는 혼란스러웠어. 여기가 내 고향 밑동 마을이 맞아? 밤마다 꿈꾸던 모습, 또렷이 기억하던 풍경은 사라지고 없었어. 마을은 폐허가 되어 있었어. 뒤늦게 돌아온 고향에서 나는 아무도 만날 수 없었어.

젊은 운전사가 천천히 다가와 목소리를 낮췄어. 내가 떠난 직후에 민족말살정책이 있었대. 대량 학살이었다는 거야. 무슨 말인지 도통 이해할 수 없었어.

"당신이라도 살아남아 다행이에요."

미세하게 떨리는 그의 낮은 목소리에 여전히 짙은 공포가 묻어 있었어. 나도 덩달아 목소리를 낮췄어.

"당신은 어떻게 살아남았나요?"

"어머니가 저를 산속 동굴에 숨겼어요. 산짐승에게 잡아먹히지 않은 게 기적이었지요."

운전사가 안내하는 곳으로 따라갔어. 표식조차 없는 땅을 가리키며 그가 말했어. 이곳이 모두의 무덤이라고.

"아…… 아니……. 세상에……!"

가족과 친지와 친구들이, 할머니들과 이웃들이 누워 있다는 말이었어. 잔인하게 살해당한 사람들이 모두 한 구덩이에 묻혔다고 했어. 모두의 무덤이었어. 그곳에 주저앉아 서럽게 울었어. 열도국 이름을 부르짖었어. 우리를 학살한 자들이 비참하게 폐망하길 기도하며 저주했어.

가족들이 살해당한 것조차 알지 못했다니……. 지난 시간이 회한이 되어 눈물로 흘렀어. 너와 만나겠다고, 고작 종이 쪼가리 수첩을 받겠다고 혼자 떠난 바람에 모두의 죽음을 외면한 것만 같았어.

시설에서 나온 뒤 바로 마을에 돌아오지 못한 걸 자책했어. 엘하디 언니의 나라에서 나는 어슴푸레 예감했었어. 우리 마을이 세상에서 사라졌다는 것을 말이야. 그래서 귀향길을 조금씩 미뤄 왔던 거야. 젊은 안내자는 십 년 전에 왔더라도 마찬가지로 폐허였을 거라고 나를 위로했어.

목적지도 없이 나는 다시 떠나기로 했어. 이제 어디로 가야 할까? 머리카락을 천으로 꽁꽁 감싸고 열도국 수도로 여행을 갈 수도 있었지. 언어를 잘 아는 항구국으로 밀항하지 않고서도 갈 수 있었고. 내 친구의 나라, 사막국 캠프로 돌아갈 수도 있었어. 어디든 갈 수 있었지.

그런데 오직 네가 있는 곳으로는 건너갈 수 없었어.

마을을 떠나기 전 나는 마지막으로 국경 근처를 걸었어. 국경을 가장 가까이서 볼 수 있는 곳으로 다가갔을 때 발견했어.

"아……!"

푸룬아, 나는 보았어. 철조망 너머에서 울창한 숲을 이루고 있던 비티스디아 나무들을. 너와 내가 함께 걸었던 길을 따라 따뜻한 기운을 가득 드리우고 있는 숲을. 날카롭지만 헐거운 철조망이 잔뜩 기울어져 있었어. 비티스디아 뿌리가 바닥에서부터 힘껏 국경을 밀어내고 있었어. 네가 가꾼 숲이란 것을 나는 단번에 알았어.

푸룬아, 너는 이제 사랑하는 아내와 귀여운 아이들에게 너의 신뢰와 희망을 전하고 있겠지. 바로 만나러 가지 못해 미안해. 이토록 오래 걸릴 줄은 미처 몰랐어.

비티스디아 씨앗이 공기를 품은 깃털처럼 둥둥 떠오르고 있었어. 나는 느리게 비행하는 씨앗을 올려다봤어. 그 사이를 날고 있는 작은 새도 보았어. 네가 가꾼 숲이 너의 메시지를 품고 씨앗을 날리고 있었던 거야. 그 순간 알아챘어. 입관 시설, 좁고 어두운 방에서 발견한 씨앗은 바로 네 숲에서 날아왔다는 걸 말이야. 그때 네가 날려 준 작은 씨앗이 나를 살게 했어. 고마워. 정말 고마웠어. 완전히 비관하던 마음을 낙관하는 마음으로 바꿔 준 마법은 바로 너였어.

당장에라도 너를 만나고 싶었지만 나는 국경을 건너지 않았어. 널 만나 여행을 마무리 짓겠다는 게 모두 사사로운 욕심이라는 생각이 들더라. 미안해. 가족도 친척도 이웃도 모두 잃었는데 너를 만나면 행복할까. 너의 아내와 아이들의 당황한 얼굴을 마주할 자신도 없었어. 무엇보다 이제 와 국적이, 여권 따위가 무슨 소용이냐는 생각이 들었어.

너의 나무들은 이제 나이테 속에 너의 이야기를 또렷하게 새기고 있겠지. 네가 줄곧 우리 마을 사람들의 안부를 물어 준 커다란 편지라고 믿어. 여기서 너의 숲을 지켜보는 것으로 충분해. 정말 고마워.

푸른아, 우리 마을에서는 점을 치기 위해 잎맥을

읽지 않았어. 비티스디아는 한 뿌리, 한 그루마다 명확하게 메시지를 발현해. 씨앗을 틔운 사람과 교감하며 메시지를 성장시키지. 세상에 둘도 없는 아름다운 식물이야. 우리 마을 사람들은 잎맥의 모양을 기호로 만들고 문자로도 변환시켰단다. 처음 네가 건넨 잎맥에는 뚜렷하게 신뢰와 희망이 새겨져 있었어.

나는 천천히 국경 검문소 입구에 다가갔어. 담배꽁초와 쓰레기가 너저분하게 흩어진 곳에 비티스디아 나무를 베어 만든 허름한 의자가 보였어. 다가가 앉았어. 누군가의 결혼식인지 국경 너머에서 떠들썩한 잔치 소리가 들려오더라. 우리가 결혼식을 열었다면 같은 노래가 울려 퍼졌겠지? 노랫소리가 육중한 철벽을 가볍게 넘어 들려왔어. 누군가가 제멋대로 그은 잔인한 선 따위 아무런 의미도 없다는 듯, 흥겨운 음악 소리가 훌쩍 귓속을 파고들었어. 이십오 년이나가 보지 못한 곳이었는데 이렇게나 가까웠구나.

나무 의자에 떠오른 나이테를 가만히 들여다보았어. 나이테가 너의 메시지를 말하고 있었어. 나는 한참이나 너의 편지를 쓰다듬었어.

푸른아, 너는 나의 여행을 시작하게 해 줬어. 이 여행의 모든 길에서 나의 반려였어. 네가 나를 그리워한 것 이상으로 나는 너를 그리워했어.

마지막 인사를 남기고 나는 우리 마을을, 너와의 재회를 등졌어. 비티스디아 씨앗을 품은 작은 새 한 마리가 머리 위로 날아올랐어. 또 다른 누군가에게 가 닿을 비행을 잠시 올려다보곤 나는 발길을 돌렸어.

이제야 안녕을 고한다. 네가 내게 인사한 그대로.

사랑하는 이여, 부디 건강하길, 어디서든 안전하고 평안하길.

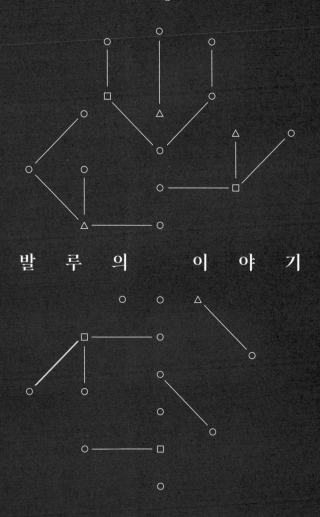

4 장

발 루 의 이 야 기

이뤈은 지하 주차장에서 편지의 마지막 부분까지 청취했다. 파일을 닫고는 크게 심호흡했다. 쿠진족의 일부가 지금도 남쪽 나라에 살고 있었다. 어릴 때 헤어진 친척과 연락이 닿은 듯 기뻤다. 아니, 그 이상이었다. 설렜다. 앞 세대가 모두 세상을 떠난 뒤에도 그리운 이야기가 세상에 남았다.

편지에서는 한 여성이 홀로 힘든 여행을 하며 평생 만나지 못한 약혼자를 그리워하고 있었다. 편지 수신인은 이뤈의 증조할아버지일까? 그냥 동명이인일까? 아니면 단지 편지처럼 쓴 소설인 걸까?

이뤈은 생각했다. 미움과 증오, 혐오가 일상적으로

넘쳐 나는 곳에 살며 이뤈은 역설적으로 누군가가 늘 그리웠다. 사람의 부재가 아쉬웠다. 불필요한 것은 비워 낸 장소를, 꼭 필요한 것들로 채워진 세계를 그리워했다.

편지 속 로밀야라는 사람은 이뤈의 가설과 일치하는 말을 남겼다. 비티스디아는 씨앗을 틔운 사람과 교감하며 메시지를 키워 나가는 유일무이한 식물이라고 말했다. 밑동 마을 사람들은 대대로 잎맥의 모양을 기호로 만들고 문자로도 변환시켜 왔다고 했다. 전혀 기대하지 않았는데 먼 곳에 사는 이들이 이뤈의 연구를 격려해 주는 듯했다.

집에 들어서자마자 이뤈은 이 주간의 긴 휴가를 신청하고 열도국의 적도 도시로 가는 비행기를 예약했다. 망설일 수 없었다.

'나, 뭔가 증명하고 싶은 걸까…….'

그동안 자신을 쿠진 사람이라고 정의하지는 않았다. 쿠진의 내력을 드러내야 할 때면 꼭 '사 분의 일'이라는 수식어를 덧붙였다. 쿠진족 3세인 자신은 2세인 아버지 세대가 쿠진족을 규정하고 인지하는 방식과는 또 달랐다. 딱히 대단한 자부심도 없었고 절절한 애틋함도 없었다. 쿠진족에 대한 멸시를 자신과 상관없다는 듯 외면하는 일은 매번 조금 불편했지만 그뿐이었다. 무심할 수 있다면 큰 문제는 없었고 다행히 대체로 흘려버릴 수 있었다. 상대의 생각과 태도가 반드시 바뀌길 바랄 만큼 간절한 마음이 들지도 않았다.

종종 잔류 쿠진족의 폭행 사건이 뉴스가 되기도 했다. 얼마 전 도시의 허름한 뒷골목에서 쿠진 출신 점술가와 얼음산국 고객이 언쟁 끝에 쌍방 폭행 사건을 일으켰다. 하지만 쌍방이 폭행했다는 사실은 중요하지 않았다. 폭행 사건에 쿠진이 연루되었다는 점만이 중요했다. 이 도시에선 그랬다.

폭행 사건에 휘말린 쿠진 사람들에게 심정적으로 동조할 수 있었다. 눈에 선했다. 도저히 참을 수 없는 말을 들었겠지. 하지만 성급한 행동은 쿠진 사람들 사이에서도 용납받지 못했다. 그는 억지로라도 침착해야 했다. 조금이라도 빌미를 주면 안 되었다. 다른 잔류 쿠진의 삶까지 생각해야 했다. 누구나 화를 낼 수 있다는 식의 일반론이 누구에게나 허용되는 건 아니었다. 얼음산국 사람들 앞에서 쿠진은 더욱 세련되고 우아해야 했다. 억압받고 살아온 자들에게만 일방적으로 강요되는 과도한 규범이라 할지라도 절제가 필요했다. 다행히 이륀은 폭력을 쓸 정도로 분개할 만한 사건은 마주치지 않았다. 아니, 똑같은 문제 앞에서 이륀은 분개하지 않았을 뿐일지도 몰랐다.

비행기 예약이 완료된 화면을 보며 이륀은 의문 대신 확신을 품었다.

'뭔가 증명하고 싶다!'

비티스디아 잎맥 패턴을 과학적으로 증명해 내는 일은 이륀에게 특별한 사명감을 안겨 주었다. 연구 가치가 있는 현상에 사로잡힌 것은 연구자로서 당연했다. 하지만 이번에는 그 이상이었다. 숨겨져 있던 쿠진족의 문화적 명맥을 잇는 일이 될 것 같았다.

'근데 내가 왜? 왜 쿠진족의 문화를 증명하고 싶은 거지?'

자문해 보았지만 곧장 답할 수 없었다. 대답 대신 한여름에 자신을 반겼던 비티스디아 숲의 포근하고도 시원한 기운이 떠올랐다. 이제는 만날 수 없는 마을 어르신들의 표정도 기억났다. 선조들을 통탄하던 아버지 얼굴도, 고생했던 시절을 이야기하며 눈시울을 붉히던 할머니 표정도 생각났다. 비록 남은 건 아무것도 없을지언정 소중하게 관습과 신념을 지켜 온 사람들이 줄줄이 연상되었다. 자부할 근거를 하나쯤 발견하고 싶었다. 늦게나마. 제 손으로.

이뤈은 로밀야의 편지를 반복해 읽었다. 잎새 마을 원주민 어르신이 남긴 편지였더라도 하나도 이상하지 않을 이야기였다.

다음 날 이뤈은 길을 나섰다. 평소처럼 차려입고 간소한 배낭을 둘러멨다. 걷기 편한 바지와 바닥이 폭신한 신발을 골랐다. 이동 중 클라우드에 접속하지 못할 때를 대비해 스캔한 비티스디아 사진을 몽땅 태블릿에 다운로드해 두었다. 로컬에서 작동할 수 있는 버전으로 디스커버러 AI도 설치해 두었다. 그리고 발루가 보내 준 지도를 나침반 삼을 요량으로 챙기고, 로밀야의 편지를 부적처럼 가방에 넣었다.

준비가 끝나자 남쪽으로 향했다. 편지 속 한 장면이 떠올랐다. 마치 로밀야가 긴 여행을 떠나던 순간 같았다. 이뤈은 로밀야가 품었던 두려움과 설렘을 자신의 발걸음 위에 겹쳐 보았다. 로밀야는 자신의 모험이 나중에 올 사람들의 길이 될 거라 상상했다. 혼자 떠나는 모험이었지만 사랑하는 사람과 함께 돌아오는 길로 이어질 거라 믿고 싶었다.

상상 속에서 이뤈은 로밀야의 여정을 따라갔다. 히치하이크로 잡아탄 덜컹거리는 수레 위에서 이뤈과 로밀야는 함께 꾸벅꾸벅 졸았다. 점점 더워지는 날씨를 느낀 로밀야가 곁에서 파란 스카프를 벗어 들었다. 길 위를 달리며 이륀은 수십 년 전 그녀의 여행길에 뒤늦게 함께하는 기분이었다.

비행기는 두 군데 공항을 경유했다. 여권을 제시하고 국제선 승강장으로 이동했다. 열도국에 도착한 뒤 국내선 환승 대기장으로 다시 이동했다. 열도국은 무더웠다. 에어컨에선 미지근하고 퀴퀴한 바람이 풍겼다.

이륀은 여행을 사랑했다. 새로운 곳에 도착하면 새로운 냄새가 반겼다. 음식이 풍기는 향기, 공기가 머금은 냄새가 달랐다. 사람들 체취도 마찬가지였다. 같은 걸 먹고 마시는 사람들 사이에서는 딱히 구별되지 않던 냄새, 사람 냄새라고 부를 향기였다. 다른 맥락에 놓인 사람들을 만나야 더욱 강렬하게 인지되는 게 사람이라는 향취였다.

어느 순간, 사람들의 말뜻이 들리지 않았다. 경유지 대기장에서는 알아들을 수 없는 언어가 나비처럼, 깃털 씨앗처럼 나풀나풀 날아다녔다. 이륀은 이어폰에 장착된 동시통역기를 켰다. 타국의 언어는 서로 다른 사고 체계의 내밀한 속사정을 담고 있다. 그래서 다른 언어로 고스란히 치환되기는 어렵다. 하지만 불완전할지언정 기술적으로 번역이 가능하고 심정적으로 짐작이 가능했다. 번역된 뒤에도 생소한 표현을 이해할 수 있는 뜻으로 치환해 보았다. 몸짓으로, 통역기로, 혹은 짧은 눈빛으로……. 언어가 다르더라도 마음은 이해되었다. 다르다는 핑계 안에 자신을 가둬 두지 않는다면 얼마든지 해석 가능하다고 이뢴은 믿었다.

통역된 말을 들으며 이뢴은 작게 고개를 끄덕였다. 덥고 배고프고 피곤하고 졸리지만, 그래도 재밌다고 저마다 동행과 대화하고 있다. 같은 상황에 놓여 있기에 이뢴도 고스란히 이해할 수 있는 말들이었다.

비행기를 기다리며 경유지 휴게실에서 하룻밤을 묵었다. 바로 옆자리에 몸을 누인 사람이 초콜릿을 선물로 건넸다. 그의 가방에 달린 국기를 본 이뢴은 그 나라 언어로 감사하다는 말을 검색해 답례했다. 같은 곳에서 같은 밤을 맞으며 두 사람은 길동무가 되었다.

국경을 넘어 열도국을 종단하는 동안 수많은 사람과 스쳤다. 이뢴 자신도 기꺼이 다른 이의 여행길 속 풍경이 되었다. 국경이나 국적 따위가 사람들을 가두진 못했다.

이뢴은 여권을 들여다봤다. 얼음산국 여권 소지자는 별도의 신청 없이 열도국에서 삼 개월간 관광할 수 있었다. 반면 열도국 여권을 가진 사람이 얼음산국에 가려면 사전 체류 허가가 필요했다. 명목뿐인 담일지언정 국경에는 여전히 명목 이상의 제약이 있었다. 두 나라 사이의 힘 차이도 엄연했다. 여권 색깔은 뚜렷하게 힘을 표상했다.

아침이 밝자 국내선 탑승이 시작되었다. 옆 좌석에 앉은 젊은 엄마가 우는 아기 때문에 쩔쩔맸고 이뢴은 승무원과 함께 잠깐 보모 노릇을 했다. 아이는 울던 얼굴로 이뢴의 얼굴을 빤히 보았다. 이뢴도 아이의 얼굴을 한참 들여다보았다.

'즐거운 여행 되시길.'

여행객들이 서로의 여행에 안부를 기원했다. 짧은 인사 속에 일생의 추억으로 새겨질 소중한 순간이 담겼다. 두 번 다시 만나지 못할 먼 나라 사람과 잠시 스쳤다. 확률로만 따진다면 기적과도 같은 순간이었다.

이뢴은 적도 도시의 작은 공항에 내렸다. 공항 안에서 두 시간 반을 더 대기한 뒤 버스에 올랐다. 세 시간쯤 이동한 후 아무리 둘러봐도 아무것도 없다고 확신할 수 있는 터미널에 내렸다. 그곳에서 낡은 택시로 갈아탔다. 더 이상 차로 이동할 수 없는 곳에서 내려 운전사가 가리킨 방향을 따라 두 시간 반을 더 걸었다. 꼬박 만 이틀이 걸렸다. 이뢴은 발루의 마을에, 로밀야가 정착한 마을에 다다랐다.

커다란 나무 아래 서서 스콜이 지나가길 기다렸다가 다시 걸었다. 종아리가 점점 저려 작은 돌부리에 휘청댔다. 잠시 벌판에 드러누워 삼십 분만 자다 갈까, 그사이에 야생동물의 습격을 받진 않을까, 심각하게 고민하던 찰나였다.

"와……!"

로드뷰로 봤던 풍경이 눈앞에 펼쳐졌다. 적도의 신선한 하늘 아래 탁 트인 정원이 보였다. 이뢴은 마을을 향해 달리기 시작했다. 아무런 표식도 없었지만 숲이 조금씩 이뢴을 향해 다가오고 있었다. 잎새 마을 할아버지의 숲으로 달려갔던 어린 시절이 생각났다.

차밭에서 일하듯 잎을 채취하던 사람들이 달려오는 이뢴을 발견하고는 허리를 세웠다.

"안녕하세요!"

이뢴은 쿠진어로 인사했다. 할머니와 인사할 때 말고 쿠진어를 구사하기는 처음이었다.

"오, 안녕하세요."

사람들이 돌아보며 열도국 말로 인사했다. 그중 연로한 이가 이뢴처럼 쿠진어로 인사했다. 사람들이 목소리를 높여 발루를 부르기 시작했다. 이뢴은 동시통역기를 열도국 언어로 설정했다.

"발루! 손님 오셨다!"

마을 사람들 목소리가 잇달아 이어졌다. 십 미터 간격쯤 될까? 누군가의 목소리를 들은 사람이 그 반대편에 있는 사람에게 목소리를 전달했다.

"발루! 손님 오셨대!"

"발루! 손님 오셨나 봐!"

"발루! 손님……!"

"발루……!"

메아리처럼 이어지던 목소리가 건너편으로 사라져 잘 들리지 않을 즈음, 메아리가 울리던 쪽에서 이뢴을 향해 크게 손을 흔들며 달려오는 사람이 있었다.

"와! 안녕하세요!"

한 사람이 성큼성큼 다가왔다. 환한 웃음이 점점 또렷하게 떠오르는 모습을 이뢴은 가만히 지켜보았다.

"오셨군요!"

얼핏 학생처럼 보이는 짧은 머리 청년이 다가와 이

륀을 반겼다.

"기다리고 있었어요!"

청년은 천천히 숨을 고르더니 자기 심장께를 가리키며 자신을 발루라고 소개했다. 이륀도 발루의 행동을 따라 자기 심장께를 가리키며 인사했다.

"이륀이라고 합니다."

"먼 길 오시느라 힘드셨죠? 당신이 꼭 우리 마을 정원을 보러 와 줬으면 했어요."

억양이 강한 발루의 공용어 발음은 알아듣기 힘들었다. 두 사람은 동시통역기를 켰다. 발루가 사용하는 언어는 열도국 표준어와도 차이가 있어 번역이 매끄럽지 않았다. 두 사람은 몇 마디 인사를 통해 서로 대화가 성립되는 지점을 찾았다. 이륀이 이해하지 못한 표정을 보이면 발루가 공용어로 한 번 더 말했다. 서로의 표정과 눈빛을 확인하며 몇 번의 단계를 거쳐야 했지만 충분히 소통할 수 있었다.

발루가 짐을 받아 주겠다고 하자, 피곤했던 이륀은 안도하며 자신의 짐을 몽땅 발루에게 넘겼다.

발루는 이륀과 나란히 걸으며 마을 사람들에게 이륀을 소개했다.

"잎새 마을 선주민 손녀래요."

"잎새 마을?"

"얼음산국 수도에서 나고 자랐대요."

"저기 북쪽이잖아? 온정마저 얼어붙을 정도로 추운 곳이라던데."

"어서 오세요."

발루가 걸어가며 마을 사람들에게 이뢴에 대해 이야기했다.

"혼자 비티스디아 잎맥을 연구했대요."

"멀리서 오셨네. 어떻게 알고 오셨대?"

"제가 초대 메일을 보냈지요."

자기 이야기가 널리 퍼져 가는 장면 속에서 이뢴은 조금 당황했다.

"발루가 초청했대."

"얼음산국에서 태어났대."

"아이고, 고생 많았겠네."

또다시 메아리처럼 사람들 목소리가 사방으로 번졌다.

"잎새 마을이래."

"탄광이 있던 마을이잖아."

"거기도 얼음산국한테 오랫동안 괴롭힘당했지."

"우리 외할머니도 거기로 시집갈 예정이었어."

"분단만 없었다면 다 친척 같은 사람들이니까."

소리가 점점 먼 곳으로 전해지는 듯싶더니 작아졌
다. 마을 구석구석에 이뢴의 이야기가 전달된 듯했
다. 개인정보가 담긴 파일이 일제히 확산된 듯한 기
분이라 이뢴은 머쓱했다. 그래도 모두 친척처럼 반겨
줘서 기분이 나쁘진 않았다. 낯선 마을에서 공포영화
같은 일이 벌어질 것까지 각오했던 게 미안해질 지경
이었다.

이뢴은 천천히 마을을 둘러보았다. 발루도 이뢴의
속도와 시선에 맞춰 걸음을 늦췄다.

비티스디아가 마을 전체를 가득 채우고 있었다. 사
람들이 나무에 기대 있었다. 그늘 속에서 책을 읽는
이도 있었고 연극 연습이라도 하듯 홀로 수다를 떠는
사람도 있었다. 노래를 부르거나 춤을 추는 사람도
보였다. 마을 숲이 만들어 낸 생기와 사람들이 발산
하는 생동감 속에서 이뢴은 포근함을 느꼈다. 또 다
른 잎새 마을을 방문한 것만 같았다. 멸절되었다고만
생각했던 숲이, 흩어졌다고만 생각했던 사람들이 명
맥을, 역사를 이어 가고 있었다.

이뢴은 마을 한편에 있는 건물로 안내받았다. 건물
입구 게시판에는 마을의 온갖 일이 걸려 있었다. 주

민센터처럼 보이는 건물에 방문자를 위한 숙소를 마련해 둔 듯했다. 숙소 입구에 짐을 내려놓고 이뢴은 가방 속에서 지갑을 꺼냈다. 숙박비를 먼저 내겠다며 환전해 온 돈을 건넸다. 발루는 웃으며 거절했다.

"손님이 되어 달라고 초청한 사람에게 장사하지 않습니다."

짐을 내려놓고 문을 닫자마자 이뢴은 그대로 침대에 모로 누워 뻗었다. 너무 무방비한 건가 싶었지만 잠시 눈을 감고 심호흡을 했다. 마음을 내려놓고 조금 안도한 순간, 코까지 골며 그대로 곯아떨어지고 말았다.

다음 날 아침, 느지막한 시간에 눈을 떴다. 창문 밖에서 안쪽을 들여다보며 까르륵 웃던 아이들과 눈이 마주쳤다. 이뢴이 손을 들어 인사를 건네자 아이들이 달팽이 더듬이 숨기듯 쏙, 하고 고개를 숨겼다. 문을 열자 물과 음식이 놓여 있었다. 바나나 잎인 듯 커다란 잎을 접시 삼아 색감까지 고운 채소가 가지런히 담겼다. 아침 햇살 아래, 이뢴은 꿀꺽꿀꺽 물을 마시고 느긋하게 음식을 맛보았다. 생강 같기도 하고 레몬그라스 같기도 했다. 독특한 향이 나는 허브였다.

향도 색도 질감도 다른 다섯 종류의 채소를 하나씩 몸 안에 들였다. 곧 향긋한 체취가 날 것 같았다. 마을이 한 시절 소박하게 길러 냈을 기운이었다. 움츠렸던 잎을 활짝 펼치는 식물처럼 이뢴도 천천히 기지개를 켰다.

이뢴은 간단히 씻고 마을 산책에 나섰다. 건물을 나서자 아까 창문 밖에서 재잘대던 아이들 셋이 불쑥 다가왔다.

"안녕!"

이뢴이 열도국 언어로 인사했다.

한 아이가 이뢴의 손을 잡았다. 악수하는 줄 알았는데 아이의 조그마한 손이 떠나자 이뢴의 손바닥에 작은 잎새가 남았다. 잎사귀를 들여다보았지만 크기가 너무 작아 패턴은 감지되지 않았다. 그래도 아이들이 반가워하는 눈빛만은 분명하게 읽을 수 있었다.

"나도 반가워요."

번역된 말이 어색했던 걸까? 아이들이 까르륵 웃었다. 이뢴은 아이들이 가지는 곳으로 따라갔다. 안내받은 곳은 마을 한가운데 위치한 비티스디아 도서관이었다.

도서관 로비에 들어서자 삼 층 높이 건물의 높다란

천장이 곧바로 올려다보였다. 나선형 나무 계단이 삼 층까지 이어졌고 각 층 벽면에는 고풍스러운 책이 가득 꽂혀 있었다. 발루가 설명한 대로 수만 권은 되어 보였다. 모두 비티스디아 잎에서 추출해 보관한 이야 기일까?

손 닿는 대로 책을 꺼내 펼쳐 보았다. 하지만 책의 분류 순서를 이해할 수 없을뿐더러 낯선 언어라 책의 위아래조차 구분할 수 없었다. 다만 깨끗하고 정갈하 게 기록한 이야기를 소중하게 보관해 두었다는 점은 알 수 있었다. 잎을 보관해 둔 앨범과 수기로 쓴 책이 한 쌍처럼 함께 붙어 있었다.

잎맥 패턴과 번역된 문서를 함께 보관하고 있는 걸 까? 이륀은 과학자답게 의심을 지우지 않았다.

'한 권 한 권, 사람이 썼겠지? 로밀야의 편지도 아 주 잘 쓴 소설이 아닐까?'

목소리가 이륀 곁으로 성큼 다가왔다.

"좀 쉬셨나요?"

어제와 똑같이 환한 미소를 보이며 발루가 곁에 서 있었다.

"네, 덕분에요. 감사합니다."

"아침 식사는 입맛에 맞았나요?"

"너무 맛있었어요."

"오늘 저녁엔 저희가 직접 재배한 자두로 빚은 와인을 대접할게요. 근데 어제 보니 와인 없이도 숙면을 취하시는 것 같더라고요."

"친척 집에 온 것처럼 제가 너무 뻔뻔하게 굴었죠?"

"저도 친척 집에 가면 우리 집에서 지내듯 뒹굴뒹굴합니다."

두 사람은 오랜만에 만난 친구처럼, 가족처럼 비슷한 표정을 지어 보이며 웃었다.

이뤈은 가지고 온 노트북과 스캐닝 도구를 책상 한쪽에 펼쳤다. 노트북을 펼치자 연구실 화분에서 싹튼 잎사귀 사진이 모니터 화면에 드러났다. 모니터를 살짝 들여다보더니 발루가 물었다.

"당신의 잎인가요?"

"아, 네."

자신을 잎사귀의 소유자라고 말하려니 조금 웃음이 났다. 증조할아버지의 숲이 멸절했다는 이야기를 들은 뒤 직접 재배한 씨앗이었다. 싹을 틔운 사람이 식물의 생사에 책임이 있다는 뜻이 되려나? 인간과 반려 관계인 식물이란 뜻일까?

"이 잎에는 '제발'이라고 쓰여 있네요. 싹을 틔우면

서 뭐가 그렇게 간절했나요?"

발루가 모니터를 가리키며 살짝 웃었고 이뢴은 속마음을 들킨 것처럼 깜짝 놀랐다.

"정말 그렇게 쓰여 있어요?"

"네."

연구실 화분에 물을 주며 말을 걸었던 순간을 떠올렸다. 이뢴은 의아한 표정으로 디스커버러 AI를 기동시켰다. 이뢴이 적도 마을을 향해 발걸음을 옮기는 사이, AI는 발루에게 받은 해독키로 데이터를 재정리하고 있었다. 이뢴은 시스템에 '비티스디아어語'라는 새로운 언어 체계를 추가했다.

마을 위원회에 허락을 구해 이뢴은 도서관 장서를 고속 스캐너로 촬영하기 시작했다. 고속 스캐너에 책을 세워 두면 자동으로 책을 넘기면서 스캔할 수 있었다. 스캐너가 하나뿐이라 시간이 좀 걸렸다. 책을 한 권씩 스캐너에 고정하는 게 가장 번거로운 작업이었다. 마을 사람들이 순번을 정해 이 작업을 도와주었다. 도서관의 책은 고스란히 비티스디아어 언어 체계 분석을 위한 자료가 될 것이었다. AI가 새로운 언어 체계를 분석해 공용어로 번역하기까지 하루 이틀가량 더 걸릴 예정이었다.

그사이 이륀은 발루와 함께 마을을 산책했다. 열대 기후 지역이었지만 사바나기후와 달리 마을은 연중 덥고 습하다고 했다. 비티스디아 외에도 다양한 식물이 한껏 산소를 분출하고 있었다. 폐부 깊이 신선한 공기를 받아들이자 여행의 피로까지 씻기는 기분이었다.

"잎맥 패턴이 언어라는 거 말이에요. 혹시 할머니들이 미신을 신봉하고 있다고 생각한 적은 없었나요?"

이륀은 동료들이 할 법한 질문을 떠올리며 조심스럽게 물었다.

"전혀요. 처음 이곳에 정착해 마을을 세운 할머니는 특히 냉철하고 합리적인 사람이셨어요. 젊었을 때 이주민으로 살면서 극심한 고생을 하셨는데 정말 강인한 분이셨죠."

"로밀야라는 분 말이죠?"

"네, 저희 선조할머니십니다."

"편지의 수신자, 푸룬이라는 분과는 나중에라도 만나셨나요?"

이륀은 푸룬이라는 이름을 말하며 잠시 목을 가다듬었다. 발루는 천천히 고개를 저었다. 그러고는 곧 산뜻하게 덧붙였다.

"어릴 때부터 싹틔운 제 풀잎들은 항상 저의 메시지를 새기고 있었어요. 비티스디아는 사람과 교감해서 키우는 사람의 메시지를 자기들 문자로 그려 내요. 만약 키우는 사람이 특별한 교감 방식을 잘 이해하지 못하면 간단한 단어 정도만 기록되지만, 제대로 교감하면 그때부터는 상당히 세밀한 정보까지 기록된답니다."

이뢴이 가설로 세워 두기만 하고 줄곧 의심을 거두지 않았던 이야기를 발루는 당연하다는 듯 말했다. 이뢴은 다소 감상적인 기분이 되었다. 여기서라면 자신의 가설을 숨기지 않고 활짝 드러내어도 좋았다. 이야기를 들어 줄 사람, 그리고 이해해 줄 사람이 가까이 있었다. 처음으로 진짜 동료를 만난 기분이었다.

이뢴은 용기를 내어 살짝 고백했다.

"우리 증조할아버지가 잎새 마을 고산지대에 비티스디아 숲을 가꾸셨어요. 저는 여름방학마다 숲에 가서 낮잠 자는 걸 좋아했거든요. 사락사락, 하는 바람 소리와 함께 숲이 나한테 말을 거는 것 같았어요. 시원하고도 포근했죠. 아, 미신이라고 하실지도 모르지만……."

그 말에 발루가 살짝 이뢴 쪽으로 몸을 기울였다.

그러더니 주변의 비티스디아를 의식하듯 입가를 가리곤 이뤈의 귓가에 속삭였다.

"걔들이 좀 수다스럽죠."

발루의 농담에 이뤈은 아침에 만난 아이들처럼 소리 내어 웃었다.

"아, 맞다."

이뤈은 아이들에게 받은 작은 잎새 두 장을 주머니에서 꺼내 발루에게 내밀었다.

"아침에 선물받았어요. 혹시 이 잎엔 뭐라고 쓰여 있나요?"

"여기엔, 너무 예뻐요, 라고 쓰여 있고요. 이 잎새엔 영원히 같이 살자고 쓰여 있네요."

갑자기 사랑을 고백하는 말처럼 들리기도 해 이뤈은 또 한 번 소리 내어 웃었다.

"어머, 언제 이런 걸 준비했을까요?"

"아이들이 키운 잎이라고 무시하면 안 돼요. 우리 마을 사람들은 어릴 때부터 자신만의 비티스디아 뜰을 가꾼답니다. 나중에 마을 도서관에 휴먼 그린북으로 남길 비티스디아를 선택하는 것도 자기 자신이니까요. 우리는 늘 준비해 왔어요. 사랑하는 사람을 만나 같이 살자고 말할 일을요."

"하하, 사랑 고백을 너무 남발하는 거 아닌가요?"

이뢴의 말에 발루가 정색했다.

"그게 왜 문제인가요?"

이뢴도 발루를 따라 진지한 표정으로 말했다.

"하긴, 전혀 문제없죠!"

　시간 가는 줄 모르고 수다를 떨다 보니 두 사람은
마을을 몇 바퀴나 돌고 있었다. 가는 곳마다 발루가
사람들을 소개했다. 일하던 사람들이 이뢴을 반겨 주
었다. 밭을 갈고 가축을 돌보고 천연재료로 천을 짜
고 도구를 수리하고 음식을 만들고 술을 빚고 축제를
준비하며 춤을 연습하는 사람들이 있었다. 곳곳에서
발루가 지인을 소개했고 지인이 또 다른 지인을 소
개했다. 이뢴은 낯선 이름을 공용어 발음으로 메모해
두었다. 하루 사이에 수많은 이름이 메모장에 남았다.

　그날 저녁 이뢴은 발루의 가족들과 저녁을 먹고 자
두 와인을 마셨다. 밤에는 발루에게 소개받은 친구들
에게 이끌려 숲이 내려다보이는 언덕까지 드라이브
를 다녀왔다. 언덕 위에 서서 비티스디아 숲과 마을
을 조망했다. 빼곡한 별로 가득한 밤하늘이 포근하게
마을에 드리우고 있었다. 웅장한 지형을 자랑하는 관

광지는 아니었지만 오래 기억에 남을 소박하고 예쁜 풍경이었다. 사람들은 마을이 가장 예뻐 보이는 시간대와 마을을 제일 잘 조망할 수 있는 장소를 이륀에게 알려 주었다. 이곳 적도 마을 사람들에게는 소중하게 지켜 온 자신들만의 관습과 신념이 있었다. 비티스디아 숲이 이를 증명했다. 지극히 일상적인 풍경 속에 모두의 자부심이 고스란히 녹아 있었다.

다음 날 아침, 이륀은 일찍 일어나 마을 뒷산을 거닐었다. 느긋하고 여유로웠다. 평소에 먹던 음식도, 즐겨 듣던 음악도, 밤마다 소파에 기대어 멍하니 바라보던 티브이 화면도, 습관적으로 훑어본 뒤 곧장 잊어버리는 SNS도, 딱히 아무것도 그립지 않았다.

'여기서라면 평생 살 수 있을 것 같아!'

일시적이라 생각했던 삶이 일상이 될 수 있을까? 이륀의 마음이 격하게 흔들렸다. 길을 나선 자들만 만날 수 있는 떨림이었다. 잠시 들른 곳에 줄곧 머문다면 그건 더 이상 여행이 아니다. 어떤 여행은 돌아가지 않음으로써 완료된다. 간절히 귀환을 원했지만 새로운 길을 택했던 로밀야의 모험과도 닮아 있었다. 이전 상태로 돌아가지 않고 영원히 계속되는 여행, 두렵고 설레는 마음으로 새로운 삶을 각오했던 로밀야의 모험과 이뢴의 떨림은 다르지 않았다.

입사 후 처음으로 신청한 긴 휴가였지만 일주일은 짧았다. 회사에 복귀해야 할 날이 다가왔다. 삼백여 권 정도가 완료된 시점에 책 고속 스캐닝을 중지했다. 다음을 기약하며 이뢴은 짐을 정리했다. 나머지 작업은 사무실로 돌아가 이어 가기로 했다.

"이뢴 씨, 이건 어디서 채취한 잎인가요?"

도서관에서 장비를 정리하는 이뢴에게 발루가 화면을 가리키며 물었다. 발루가 이뢴의 데이터를 살펴보던 중이었다.

"저희 증조할아버지가 가꾼 숲에서요. 잎새 마을 국경 바로 앞에 있던 작은 숲이었지요. 거기서 채취한 잎들이에요."

"잎맥에 새겨진 메시지가 로밀야를 부르고 있어요."

"네?"

"당신이 블로그에 올린 사진에 제가 강렬하게 이끌린 이유를 이제야 알 것 같군요. 당신의 증조할아버지 성함이 혹시 푸룬인가요?"

이뢴은 작게 고개를 끄덕였다.

그 순간 며칠 동안 비티스디아어를 학습해 분석해

온 AI가 결과를 쏟아 내기 시작했다. 푸룬의 잎에서 나온 결과였다. 이륀이 미리 설정한 나무의 나이 순서대로 이야기가 뭉텅뭉텅 쏟아지고 있었다.

"아……."

출력된 내용을 보며 이륀은 심장박동이 빨라지는 것을 느꼈다. 짐을 정리하며 엉거주춤하게 서 있던 이륀은 다시 자리에 앉았다. 디스커버러 AI가 출력하고 있는 이야기 뭉치를 두 개의 창에 띄웠다. 한 창에서는 이륀이 이해할 수 있는 얼음산국 언어로 이야기가 출력되었고, 또 다른 창에서는 발루가 이해할 수 있는 열도국 언어로 이야기가 번역되어 출력되었다.

두 사람은 나란히 앉아 하나의 모니터를 지켜보았다.

푸룬의 숲에서 가져온 잎사귀들이 이야기를 시작했다. 맥락 없이 중구난방으로 보이기만 했던 패턴이 옷을 갖춰 입은 듯 말끔한 모습을 보였다. 디스커버러 AI는 오랫동안 푸룬이 로밀야를 기다려 온 이야기를 쏟아냈다.

당신이 회합실로 들어섰습니다.

당신을 만나고 나니 알겠더군요. 막연히 누군가를

기다리고 있다고 생각했는데 누군가가 아니라 바로 당신이었나 봐요.

의존적인 사랑을 하고 싶지는 않았거든요.

당신이 돌아와 쉴 수 있는 자리를 만들어 놓고 기다릴게요.

철조망 사이로 매일 당신에게 잎사귀를 건넸습니다.

밑동 마을로 딸들을 시집보낸 분들 곁에 서서 하염없이 울었습니다.

해가 뜨고 지는 일도, 일조시간이 길어지다 짧아지는 일도 체감하지 못한 채 일에 몰두했습니다.

모험을 꿈꾸며 비로소 당신 마음을 조금 이해하게 되었습니다.

당신과 헤어지고 벌써 삼십 년이란 세월이 흘렀습니다.

끝까지 기다리지 못해 미안합니다.

사랑하는 이를 그리워하는 한 남자의 이야기였다. 만나지 못한 시간 동안 세월 위에 쌓아 올린 그리움이 잎새에 선명하게 남아서 드러났다. 한 줄씩 흐르는 이야기를 가만히 들여다보다 이뤈의 목소리가 촉

촉해졌다.

"우리 증조할아버지가 오랫동안 약혼자를 기다렸던 이야기로군요. 비티스디아 숲이 증조할아버지의 마음을 담고 있었어요."

발루가 고개를 끄덕였다. 이뢴은 등에 둘러멘 짐을 슬며시 내려놓았다.

"증조할아버지가 평생을 바쳐 기다린 사람이 바로 로밀야였군요."

이뢴은 할머니가 자신의 아버지에 대해 아쉬움과 불만을 토로하곤 했던 일도 문득 떠올렸다.

"이건 우리 로밀야 할머니가 키운 정원에서 추출한 휴먼 그린북이에요. 당신에게 보낸 편지의 원본이지요."

발루가 책 한 권을 건넸다. 이뢴은 그 자리에서 로밀야의 잎을 스캔해 번역시켰다. 잠시 후 디스커버러 AI가 책의 내용을 출력하기 시작했다. 발루에게 메일로 받은 편지와 동일한 내용이었다.

너와 처음 만난 순간…… 널 한참 어리게만 봤어. 푸룬아, 너와 재회하기 위해 나는 긴 여행을 시작했어.

갑자기 누군가에게 머리채를 붙잡혀…… 바닥에
나동그라졌어.

아무도 나를 일으켜 세우지 않았어.

짐짝 속에 몸을 구겨 넣고 어둠 속에 잠겼어.

국적도 여권도 없는 나는 밀항 외국인, 난민, 불법
체류자 같은 이름으로 불렸어.

씨앗이 날아올 수 있는 거리에 우리라고 부를 사람
이 있었던 거야.

친구의 나라였지만 수첩을 소지했다는 연유로 오
랜 내전을 겪은 사막국은 나의 나라가 되었어.

그곳에 주저앉아 서럽게 울었어. 열도국 이름을 부
르짖었어.

완전히 비관하던 마음을 낙관하는 마음으로 바꿔
준 마법은 바로 너였어.

사랑하는 사람과 재회하기 위해 인생을 걸고 여행
한 여자의 이야기가 또 한 번 터져 나왔다. 노년에 정
원을 가꾸며 로밀야는 지난 세월을 회고했다. 그의
정원이 휴먼 그린북이 되어 이야기를 남겼다.

이뢴과 발루는 함께 옛이야기를 지켜봤다. 이뢴이
증조할아버지의 숲에서 가져온 푸룬의 이야기와 발

루가 보존하고 있는 책에 기록된 로밀야의 이야기는 짝이 맞는 신발처럼 어우러졌다. 이야기에 묘사된 대상과 시점, 쿠진족 학살 시기까지 정확하게 일치했다. 오랜 세월 비티스디아가 간직해 온 이야기가 디스커버러를 통해 훤히 드러나고 있었다.

수십 년도 더 되었지만, 안타깝게 이별한 이들이 서로를 간절하게 그리워했다. 사랑의 흔적이었다. 메시지는 보고 싶다고, 미안하다고, 사랑한다고 속삭이고 있었다. 세월의 파고를 넘어, 끊임없이, 또렷하게……

화면 속 문구를 지켜보던 이뤈이 발루를 돌아보았다. 발루도 이뤈의 눈길을 피하지 않았다. 두 사람은 한참 동안 시선을 마주했다. 이뤈은 언젠가 꼭 만나자던 누군가의 약속이 이제야 이뤄진 듯한 기분이 들었다.

"결국 이렇게 만나게 되었네요."

화면에서는 푸룬과 로밀야, 두 사람의 이야기가 계속 출력되었다. 이뤈의 비행기 시간이 훌쩍 지나고 있었다. 이뤈은 출발 시각을 미루기로 결심했다.

도서관에 마을 사람들이 모여들었다. 로밀야 할머니를 줄곧 그리워한 약혼자의 기록이 발굴된 현장이었다. 로밀야와 푸룬, 두 사람은 지치지 않고 서로를 향해 달려가고 있었다. 사람들은 두 사람의 흔적을 목격했다. 긴 세월을 통과한 사랑의 편지를 묵묵히 지켜봤다. 민족이 흩어지고 숲이 폐허가 되고 언어가 사라지고 국경이 세워졌다 무너지는 동안에도 명맥을 이어 온 이야기였다. 숨죽이고 있었을 뿐 끝내 발견되고 말 여전히 생기로운 메시지였다.

이륀은 푸룬의 숲에서 가져온 데이터를 도서관 서버로 몽땅 복사했다. 사람들이 푸룬의 잎을 직접 보며 메시지를 읽어 내기 시작했다. 이제 막 분석 체계를 갖춘 AI보다 오래 언어를 익혀 온 마을 사람들이 내용을 더욱 생생하게 읽어 낼 수 있는 모양이었다. 잎새 마을과 인연이 있던 이의 다른 휴먼 그린북을 가져와 대조하는 사람도 있었다.

도서관에 흥분이 감돌고 있는 사이, 발루는 목에 걸고 있던 목걸이를 풀어 이륀에게 보여 주었다.

"뭐라고 쓰여 있나요?"

"언젠가 만나 서로를 행복하게 해 줍시다."

이륀은 AI에게 목걸이 속 잎맥의 뜻을 번역시켰다. AI는 두 단어를 출력했다.

신뢰와 희망.

시간에 풍화되었을지언정 선명하게 살아 있는 흔적을 이뤈은 손안에 꼭 쥐어 보았다.

간절한 그리움을 제 몸에 새기고 비티스디아는 그렇게 버텨 왔다. 잎새는 계속 외치고 있었다.

너무 보고 싶어.

고마워, 미안해.

사랑해, 사랑해.

환호와 웃음을 터트리는 사람들 가운데에서 이뤈은 담담한 마음으로 서 있었다. 사람들이 다른 이웃을 불러왔고 마을 곳곳에 달뜬 기분이 번졌다. 소란스럽게 터지는 사람들의 감정을 지켜보고 있자니 천천히 이뤈의 마음도 벅차올랐다.

이 순간을 기다려 왔다. 의외였다. 자신의 가설이 입증되어서가 아니라, 발견한 이야기에 같이 기뻐할 사람들이 이렇게나 많아서 의외였다.

이뤈은 발루를 돌아봤다. 줄곧 발루의 얼굴에 떠오른 미소가 신뢰와 희망이었다는 생각이 들었다. 문득 이뤈이 물었다.

"당신이 가꾼 뜰도 있나요?"

그러자 얼굴이 갑자기 새빨개진 발루가 손을 내저

었다.

"으악, 아무에게나 막 보여 줄 순 없다고요!"

"아, 그렇겠네요. 알았어요."

발루의 반응에 이뤈이 사과했다.

발루도 이뤈의 눈빛을 잠시 바라보았다. 자신의 말을 믿고 먼 곳까지 찾아온 사람이었다. 이뤈의 눈빛에도 신뢰와 희망이 줄곧 비췄음을 발루는 알아챘다. 고민하던 발루는 자리에서 일어났다.

"보여 줄게요. 같이 가요."

"정말이요?"

"마음 변하기 전에 얼른 가요. 이곳에서 자신의 비티스디아 뜰은 원래 청혼할 상대에게 보여 주는 거라고요."

그 말에 이뤈이 깜짝 놀라 손사래를 쳤다. 발루가 웃어 보이더니, 이뤈을 향해 자신의 정원에 초대하겠다는 정중한 손짓을 보였다.

"가실까요?"

작은 정원에 따듯한 햇살이 스며들고 있었다. 생기로운 빛이 생의 기운을 합성하고 있었다. 사랑하기 위해서는, 사랑한다는 말을 전하기 위해서는 그리 많은 것이 필요하지 않다는 듯, 필요한 것은 그저 흙과

물과 빛, 오래 간직할 그리움 그리고 기어이 가닿을 인간의 의지뿐이라는 듯, 그 외에는 아무것도 필요하지 않다는 듯 눈부신 빛이 정원 구석구석에 파고들었다.

두 사람이 정원에 도착했을 즈음, 도서관에서는 마침내 푸룬의 마지막 메시지가 드러났다.

사랑하는 이여, 부디 건강하길, 어디서든 안전하고 평안하길.

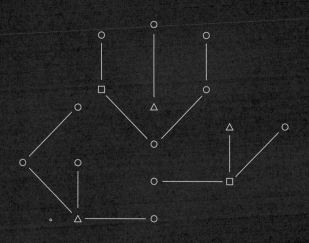

5 장

푸른의 또 다른 이야기

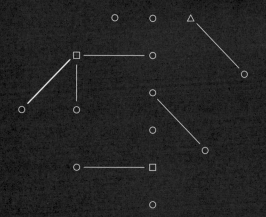

이뤈은 무단결근으로 정직을 당했다. 공항에 도착해 무급 휴가 결재를 올렸지만 사전 조율이 없었다는 이유로 팀장에게 괘씸죄를 적용받았다.

돌아가서 다시 만나게 될 사람들을 떠올리니 씁쓸했다. 한과는 얼마 전부터 서먹해지고 말았다. 한에게 따로 만나자는 연락이 왔지만 이뤈은 거절했다. 식물의 언어 패턴을 발견했다는 놀라운 이야기를 나눌 사람이 없다는 점이 가장 아쉬웠다. 저명한 해외 과학 학술지에 등재되면 그때는 누구라도 말을 걸어 주려나?

평소 연구소가 성과보다 기획과 과정을 존중하는

곳이었다면 어땠을까. 가설 단계의 비티스디아 연구가 다른 동료들에게도 편견 없이 이해받았다면? 그리고 이륀이 자신의 출신이 드러나는 것을 두려워하지 않았다면? 애초에 개인적인 역사 때문에 연구가 시작되었다는 것까지 폭넓게 알릴 수 있었더라면? 지금의 발견을 모두에게 알리며 기쁨을 나눴을 테다. 연구의 전 과정에서 기대감을, 성취감을 함께 나눴을지도 모른다. 공동으로 새로운 역사를 쓸 수도 있었다.

아쉽지만 이륀은 조금만 낙담하기로 했다. 손에 잡히는 성과와 권위자의 평가만 중시하는 조직에서 허탈함을 느낀 게 하루 이틀도 아니었다.

한 달간의 무급 정직 기간, 이륀은 오랜만에 가족들과 시간을 보냈다. 적도 지방 발루의 마을에서 환대받은 이야기를 부모님께 전했다. 할머니 댁에 들러 고산지대가 아닌 곳에서도 비티스디아가 아름다운 정원을 이루고 있더라고 이야기했다. 아버지와 할머니는 이륀의 목격담을 들으며 말없이 고개만 끄덕였다.

이륀은 앞마당에서 할머니가 가꾸고 있는 작은 화분을 바라봤다. 할머니가 이륀 곁에 다가와 나란히 앉았다.

"할머니, 증조할아버지는 사랑하는 사람을 제대로 사랑하고 싶었던 것 같아."

이륀의 말에 할머니는 낮게 끙, 소리를 냈다.

할머니 마음도 가늠이 되었다. 옛사랑에 사로잡힌 아버지, 자신의 어머니를 등한시하고 당장 수익도 되지 않는 숲을 가꾸며 산 아버지가 미웠겠지. 그래도 증조할아버지에게는 일생을 건 사랑이 있었다. 수십 년이 지난 뒤, 작별을 고한 뒤에는 로밀야를 향했던 약속을 아내와 딸에게 이어 가겠다고 했으니까. 할머니는 푸룬이 숲에 서약한 바로 그 딸이었다.

"남쪽의 밑동 마을 사람들과 한꺼번에 헤어진 거잖아. 갑작스레 이별한 사람들을 제대로 떠나보내고 싶었던 게 아닐까? 그리고 자신이 미웠던 것 같아. 사랑하는 사람을 지켜 주지 못한 힘없는 자신이……."

푸룬의 기록을 떠올리며 이륀이 말했다. 작은 정원을 바라보던 할머니가 퉁명스럽게 말했다.

"아버지 때문에 우리 어머니가 얼마나 고생했는데. 그거 생각하면 용서 못 한다."

이륀은 할머니의 단호한 눈빛을 바라보았다. 아버지를 미워하고 어머니를 연민하는 할머니의 매서운

눈 속에도 사랑이 있었다. 아버지를 고향에 남겨 두고 모녀만 얼음산국 수도로 떠나던 순간에도 할머니의 각오 속에는 사랑이 있었을 테다.

할머니 댁에서 하룻밤을 보내고 다음 날 느긋하게 아침을 먹었다. 집을 나서려던 순간, 할머니가 이륀에게 낡은 앨범을 하나 건넸다.

"숲 가꾸는 일을 그만두신 뒤에도 뒷마당에 작은 화분을 기르셨지. 거기서 채취한 잎을 매년 앨범에 모아 두셨다. 돌아가신 뒤에 아버지 서랍에서 발견했어."

이륀은 잎새가 가지런히 늘어선 책을 들여다보았다. 푸른의 유언 엽첩이었다.

"아버지가 미웠지만 이 앨범은 차마 버리지 못했다. 너무 애달파서……."

이륀은 할머니를 바라보았다. 할머니도 잎맥을 읽을 줄 알았던 건가?

"애달팠다고……?"

"우리 가족의 이야기이기도 하니까."

이륀은 할머니를 힘껏 포옹하고 달려 나갔다.

'이야기가 더 있었어!'

이륀은 운전석에 앉자마자 발루에게 메일을 보

냈다.

발루! 증조할아버지의 휴먼 그린북을 하나 더 발견했어
요! 할아버지가 돌아가시기 전에 키웠던 작은 정원이 있었
대요.

이뤈은 아버지의 유언을 차마 버리지 못한 할머니
의 착잡한 심경을 상상했다. 유언이 된 잎맥 속에서
할머니가 읽은 애달픈 이야기, 푸른의 남은 이야기는
무엇이었을까?

앨범에 보존된 잎사귀는 시간에 풍화된 상태였다.
약품으로 코팅되어 있었지만 손끝에 닿기만 해도 부
서질 것 같았다. 집으로 돌아온 이뤈은 어느 때보다
신중하게 잎을 스캔하기 시작했다. 잎새를 채취한 연
도가 기록되어 있어 출력된 문장을 배치하는 작업은
전보다 한결 쉬웠다.

디스커버러 AI가 쏟아 내는 이야기를 이뤈은 한 줄
씩 읽어 내려가기 시작했다.

유언 엽첩 1

　로밀야, 건강하게 잘 지내고 있나요?

　당신과 헤어진 지도 벌써 사십 년이 흘렀네요. 국경 가까이에 가꾸었던 비티스디아 숲은 제 손을 떠나 계절의 섭리 속에서 살아가고 있습니다. 당신을 줄곧 그리워했던 제 마음을 품은 채 세월의 풍화를 맞고 있겠지요. 바로 저처럼 말이에요.

　요즘은 작은 마당에 비티스디아를 키우고 있어요. 당신과 만나지 못했던 시절의 이야기를 남겨 두고 싶다는 생각이 들었습니다. 작은 나무에 매일 저의 이야기를 들려주고 있답니다.

　당신은 지금 어디에 있나요? 따뜻하고 안락한 곳에서 건강하고 즐겁게 생활하고 있길, 꼭 그러길 바랍니다. 당신이 살아 있다고 굳게 믿고 있어요. 행복하게 살고 있다고 줄곧 믿어 왔어요. 당신이 원했던 모험을 살아 내고 있을 거라고요. 당신이 바라지 않았던 순간은 생을 비껴갔길 바랍니다. 생각날 때마다 기도하고 있습니다.

　당신을 따라 저 역시 모험했던 이야기를 늦게나마 남기려고 합니다. 광산이 고갈된 직후, 잎새 마을 사람들이 생계를 위해 제각기 흩어졌던 즈음이었어요. 어떤 이는 도시로 갔고 어떤 이는 농사를 시작했지요. 저는 결혼 자금으로 모아 놓은 돈을 챙겨 옆 나라 수지 마을로 건너갔습니다. 광산에서 일했던 동료가 위조 여권을 만들 수 있다고 한 이야기를 잊지 않았거든요. 제 모험에 마법을 걸어 주길 바라며 비티스디아 씨앗도 잔뜩 가방에 넣었지요.

잎새 마을과 수지 마을 사이에도 높은 철벽이 있었습니다. 하지만 강이 흐르는 곳에는 담이 없었습니다. 어렸을 때부터 헤엄치며 놀던 곳이라 우리는 잘 알았지요. 겉으로만 물살이 강하고 수심이 깊어 보일 뿐 실은 바닥이 얕은 지역이 있었어요. 높고 단단하게만 보이는 철벽이지만 현지의 내밀한 사정을 모르고 만들어진 경계는 이렇게 허술하기도 했답니다.

저는 강을 건너가 옛 동료를 찾았습니다. 브로커를 통해 수지 마을이 속한 군정 국가 밀림국의 여권을 만들었습니다. 브로커들이 꽤 큰돈을 요구했지만 군말하지 않고 지불했습니다.

여권을 입수한 뒤 수지 마을 검문소를 통과해 밑동 마을로 건너갔습니다. 그때는 당신과 헤어지고 삼 년이 지났을 무렵이었습니다. 밑동 마을로 나오자 국경 앞에 낡은 택시가 서 있었습니다. 운전사는 과묵했고 어쩐지 주눅이 든 것처럼 보였습니다. 빠른 곁눈질로 주위를 계속 살피는 탓에 산만해 보이기도 했습니다. 그의 차를 타고 저는 마을 입구에 내렸습니다. 그때 까지 제게는 아무런 정보가 없었습니다. 황량한 마을 을 제 눈으로 직접 보기 전까지는요. 바보처럼 아무 것도 몰랐습니다. 미안합니다. 정말 미안합니다.

밑동 마을의 변해 버린 풍경을 마주하고 저는 무너 지고 말았습니다. 다리가 꺾여 제대로 서 있을 수 없 었습니다.

사람이 살았던 곳이 맞나 싶을 정도로 마을은 폐허 가 되어 있었습니다. 마을 사람들 숫자는 눈에 띄게 줄어 있었습니다. 남은 사람들의 표정이 매우 불안해 보였습니다. 큰 소리를 내는 사람이 없었습니다. 걸음 걸이조차 매우 조심스러웠어요. 바람에 문이 닫히는 소리에도 깜짝 놀라며 가슴을 쓸어내리는 모습을 보 았습니다. 과묵하고 산만하게만 보였던 운전자를 돌 아보았습니다. 그건 마음에 끔찍한 상처를 입은 사람 이 애써 고통을 억누르는 얼굴이었어요.

당신을 비롯해 제가 알던 밑동 마을 사람들은 매우 현명하고 합리적이며 자존심이 강한 사람들이었습니다. 그런데 몇 년 사이에 대체 무슨 일이 있었던 걸까요? 마을 어르신을 붙잡고 물었습니다. 어르신이 낮은 목소리로 말했습니다.

"현명해도 죽었고 어리석어도 죽었어. 합리적인 사람도 죽었고 비합리적인 사람도 죽었어. 자존심이 강해도 죽었고 약해도 죽었어. 그놈들이 모조리 죽였으니까!"

모든 것을 짓밟힌 사람의 증언이었습니다.

저는 마을 어르신이 가 보라고 손짓한 곳으로 무겁게 발걸음을 옮겼습니다. 표식조차 없는 황량한 벌판에 듬성듬성 들꽃이 놓여 있었습니다. 밑동 마을 주민이 삼 분의 이 가까이 묻힌 자리라고 들었습니다.

"이럴 수가······! 어떻게 이럴 수가······!"

쿠진식 묘 형태도 제대로 갖추지 못한 벌판에 저는 주저앉았습니다. 질끈 눈을 감았습니다. 당신이 누워 있다는 생각에 봉분 없는 무덤을 쓰다듬었습니다. 무참한 살육 현장이 눈에 보이는 듯해 손이 덜덜 떨렸지요. 모두의 비명과 눈물, 공포가 눈앞에 그려졌습니다. 비명 속에 당신 목소리가 들리는 듯했습니다. 땅과 강을 적신 핏물 속에 당신이 흘린 생의 기운이 섞여드는 듯했습니다. 아무렇게나 던져진 시체 속에 당신의 마지막 순간이 엉켜 있는 모습이 보이는 것 같 았습니다.

저는 떨리는 손을 꽉 잡고 침착하게 기도했습니다. 광산의 밑바닥까지 게걸스럽게 핥아먹은 얼음산국과 당신 마을을 학살한 열도국이 비참하게 폐망하길! 자 신들이 저지른 짓의 수십, 수백 배로 앙갚음을 당해 끔찍하게 진멸하길! 땀으로 축축해진 두 손을 모아 저주했습니다. 어금니를 악물고 기도했습니다.

그 자리에 붙박여 한동안 일어나지 못했습니다. 한 참 뒤에야 바닥에 놓인 마른 꽃다발이 눈에 들어왔어 요. 비티스디아 잎새를 엮어 만든 다발이었습니다. 살 아남은 마을 사람들은 자신의 아픔을 줄곧 비티스디 아에게 속삭이고 있었을까요. 무덤에 놓인 잎이 떠난 자들을 추모하는 것 같았어요. 손을 뻗어 보았습니다. 바스락, 하며 흩어지는 마른 잎새를 들여다보다 자리 에서 일어났습니다.

침묵에 잠긴 마을을 천천히 걸었습니다. 무너진 건 물에도 들렀습니다. 누군가 도서관이 세워질 예정이 었다고 말해 주었습니다. 당신이 오랫동안 공들였던 도서관일 거라고 짐작했어요. 건물 안에는 무방비하 게 방치된 책장과 책들이 남아 있었습니다. 오래 방치되리라고는 생각조차 못 했다는 듯 가지런히 놓여 있었습니다. 몇 권 남지 않은 두꺼운 책을 펼쳐 보았습니다. 잎사귀를 차곡차곡 모아 책처럼 볼 수 있게 해 두었더군요. 그제야 알았습니다. 당신이 만들려 했던 마을의 도서관은 단순한 책이 아니라 비티스디아를 보존해 보관하려던 곳이었어요. 도서관은 시간을 들여 식물을 키운 한 사람 한 사람의 이야기가 모인 박물관이 되었겠지요. 밑동 마을에서 비티스디아 잎맥은 점을 치는 용도가 아니라는 걸 그때 처음 알았습니다. 비티스디아는 생애 기록지였어요.

그때 한 여성이 도서관에 들어섰습니다. 도서관을 새로 정비하고 있다고 하더군요. 그에게 잎의 보존 방식에 대해 들었습니다. 대대로 밑동 마을 사람들이 해 온 것처럼 매년 보존액을 발라 순서대로 채취한 잎새를 말리고 앨범 안에 차곡차곡 모았다고 했어요. 그 설명을 듣고 난 뒤 저도 잎사귀를 보존해 앨범을 만드는 습관이 생겼답니다. 뒤늦게 당신의 방식을 따르게 된 거지요.

도서관에서 당신이 고이 수집했을 책을 하나씩 쓰다듬었습니다. 당신의 유품처럼 가슴에 품어 보았습니다.

그때 그 여성이 제게 말했습니다.

"이 도서관을 만들려던 언니는 여권을 받으러 열도국으로 떠났어요. 죽지 않았어요. 하지만 아직 돌아오지도 않았지요."

"아……! 정말입니까!"

로밀야, 저는 뛸 듯이 기뻤습니다. 당신은 학살의 순간을 피해 살아 있었습니다. 건강하고 안전하게 지내고 있다는 신의 전언을 들은 것 같았습니다.

그길로 저는 무작정 열도국 수도를 향해 떠났습니다. 열도국 수도에 출입국 외국인력청 본부가 있다더군요. 검문소에서는 그곳에서 편입을 신고하고 국적을 취득한 뒤 여권을 만들라고 안내했다고요. 마을 회의 후 길을 만드는 심정으로 당신이 가장 먼저 떠났다는 이야기를 들었지요. 삼 년이 지났는데도 아직 돌아오지 않았다는 말이 불안한 마음을 콕콕 찔렀지만 저는 즉시 당신의 흔적을 뒤쫓아 가기로 결심했습니다.

열도국 수도로 향하는 길, 덜컹거리는 수레 위에서 당신을 생각했습니다. 당신과 재회할 순간을 상상하니 피곤한 줄 몰랐습니다. 이 길이 당신을 마중하는 길이 되길 바랐습니다. 우리가 함께 돌아오는 길이 되길 기도했습니다. 그러자 평생 한 번도 품지 못했던 모험가의 심장이 제게도 돋아나는 듯했습니다.

일주일 만에 열도국 수도에 도착했습니다. 도시에 들어서자마자 서늘한 낌새를 느꼈습니다. 정부 청사 옆 출입국 외국인력청 본부와 그 주변을 하릴없이 걸었습니다. 삼 년 전 이 도시에 들렀던 사람의 자취를 어떻게 찾아낸담? 대책도 없이 마냥 걸었습니다.

도시의 풍경을 둘러보다 문득 알아챘습니다. 이 도시에서는 여성이 보이지 않는다는 사실을요. 여성이 없는 것은 아니었습니다. 다만 말 그대로 보이지 않았습니다. 머리부터 발끝까지 검고 무거워 보이는 이불을 둘러쓰고 그물망 같은 천으로 시야까지 가린 채 남성의 곁에 서 있는 존재가 이 도시에서는 여성이었습니다.

그때 저는 순진하게도 눈앞에 보이는 풍경을 희망으로 해석했습니다.

'이곳에 로밀야가 있다면 금방 알아볼 수 있을 거야!'

얼마간 작은 모텔방에 머물렀습니다. 힌트를 찾듯 골목을 샅샅이 돌아다녔습니다. 출입국 외국인력청 근처에 오래 머물렀고 정부 청사에서도 닥치는 대로 사람들에게 말을 걸었습니다. 다양한 언어가 들려왔지만 알아들을 수 있는 말은 없었습니다. 한 달쯤 시간이 지나고 모텔 주인의 날카롭던 태도가 무덤덤한 무관심으로 바뀔 즈음 문득 생각했습니다.

'만약 이곳에서 로밀야도 저 검은 이불 속에 갇혀 있다면……? 알아볼 수 없겠지.'

그건 차라리 괜찮은 상상이었습니다. 만약 검은 이불 속에 갇힌 사람이, 그물 속의 눈동자 중 하나가 나를 알아본다면? 함께 돌아갈 수 없는 모종의 이유가 있어서 이불을 벗어 들지 못하고 멀찍이서 내게 무언의 인사를 건넨다면? 슬픈 상상이었습니다. 아무런 힌트도 없이 한 달쯤 흘렀을 때 더욱 무서운 상상이 제게 들이닥쳤습니다.

'이 도시에서 검은 이불을 뒤집어쓰지 않은 낯선 여성이 걸어 다닌다면? 그걸 이곳 사람들이 봤다면……?'

섬뜩한 상상으로 초조하던 어느 날, 좁은 골목에서 검은 베일을 쓴 여성이 한 남자에게 죽을 지경으로 맞고 있었습니다. 주변에 여러 명이 있었지만 아무도 나서지 않았어요. 골목 안 남자들은 당연하다는 듯이 그 광경을 바라봤습니다. 때리는 남자의 일, 맞는 여자의 문제, 저 가정의 사사로운 문제, 그럴 만한 사연……. 모두의 동의 아래 참혹한 풍경이 연출되고 있었습니다. 폭력을 용인하는 장면 속에 망연히 서 있기가 괴로웠습니다. 하지만 직접 나서기는 망설여 졌습니다. 이 도시의 사정을 모르고 공연히 나섰다가 제가 죽을지도 모르니까요.

그런데 골목 풍경으로부터 등을 돌리려던 순간, 저는 보았습니다. 초주검이 되도록 맞던 여성의 베일이 엉망진창으로 흐트러지면서 파란 옷자락이 드러났습니다. 제가 당신에게 선물한 스카프였습니다. 우리 어머니가 손수 짠 푸른 스카프를 못 알아볼 리 없었어요.

저는 골목 안으로 달려가 남자를 밀쳤습니다. 남자가 벽에 부딪혀 휘청이며 괴성을 질러 댔습니다. 저는 여성의 베일을 벗겼습니다.

"로밀아! 로밀아!"

죽일 듯 여성을 폭행하던 남자가 자기 소유를 주장하듯 저를 막아섰습니다. 얼굴을 확인해야 했기에 남자의 폭행을 고스란히 견디며 푸른 스카프를 두른 여성에게 다가갔습니다.

엉망으로 얼굴이 부은 여성이 베일 위로 고개를 들었습니다. 우리 어머니가 짜 주신 스카프가 확실했어요. 하지만 낡은 스카프를 두르고 있던 그 여성은 당신이 아니었습니다.

"이게 왜 여기에……? 당신들 뭐야!"

저는 스카프를 빼앗아 자리를 뜨려고 했습니다. 그 순간 그 여성이 제게 낮은 목소리로 말했습니다.

"어서 도망가요."

여성은 쿠진어로 말했습니다. 저는 남자의 발길질에 휘청대면서 그에게 물었습니다.

"당신…… 쿠진족입니까?"

"네."

저는 한숨을 한 번 들이쉬고 다시 물었습니다.

"도망치겠습니까?"

여성은 답을 주저하지 않았습니다.

"네……. 흐흑……."

저는 그제야 일어섰습니다. 수직으로 내리꽂히던 남자의 발길을 꽉 움켜잡았습니다. 팔을 꺾고 남자를 쓰러트려 무릎으로 제압한 뒤 여성에게 물었습니다.

"당신이 두르고 있는 그 스카프, 어디서 난 거요?"

그가 바닥에 쓰러진 남자를 가리키며 답하더군요.

"제 남편이 부르카를 쓰지 않은 이방인 여성을 사냥하고 전리품으로 가져온 거예요."

"뭐……? 사냥?"

속에서 뜨겁게 뭉글거리던 것이 순식간에 머리끝까지 치솟았습니다. 저는 그를 내리쳤습니다. 그의 얼굴이 자기 아내의 얼굴만큼 부어오르도록, 똑같이 피가 쏟아지도록 만들었어요. 아내를 억압하고 다른 여성을 상해하며 평범하게 먹고살았느냐? 그의 오장육부가 망가지길 바라면서 그를 짓밟았습니다.

저는 여성이 부르카라고 부른 검고 무거운 베일을 집어 던지고는 그를 업은 채 골목을 나섰습니다. 육중한 베일에 짓눌려 살았을 그는 너무나도 가벼웠습니다. 저지하는 사람은 아무도 없었어요. 구경하는 사람들 눈에 '남의 일'을 바라보는 호기심 이상의 눈빛은 떠오르지 않았습니다.

그를 치료하고 제 숙소에 데려왔습니다. 이름은 파원, 수지 마을 출신이라고 했습니다. 그는 스카프의 주인에 대해 이야기해 줄 목격자였어요. 파원은 사흘 만에 간신히 몸을 일으켰고, 그제야 당신에 대한 힌트를 전해 줬습니다. 삼 년 전, 자기 남편에게 맞은 여자가 반죽음이 되었다가 여행객에게 간신히 구조되었다고 하더군요.

"이방인이 반죽음을 당하도록 아무도 저지하지 않

았답니까?"

파원은 이 마을에서는 종종 일어나는 일이라고 말했습니다. 이방인이어서가 아니라 부르카를 쓰지 않은 여성이어서 철퇴처럼 내려지는 일상적 징계라고 하더군요. 종교적 사랑과 악독한 차별이 도대체 어느 지점에서 손잡을 수 있는지……. 저는 이 동네의 규율을 도무지 이해할 수 없었습니다.

"여기선 당신 남편 같은 사람이 아무런 제재도 받지 않고 살아갑니까?"

파원은 다들 그렇다고 했습니다. 파원의 남편만이 아내나 다른 여성들을 징벌하는 역할을 담당한 게 아니었습니다.

파원을 간병하며 저는 그때 당신에게 쏟아졌을 폭력을 상상했습니다. 얼마나 놀랐나요? 얼마나 아팠나요? 얼마나 울었나요? 그때 곁에 있지 못해서 미안했습니다.

파원은 당신이 가까운 항구에서 밀항했다는 소문을 들었다고 했습니다. 그 항구에서 갈 수 있는 나라는 옆 나라 항구국뿐이라고 했습니다. 당신이 무사하다는 확신에 들뜬 나머지 파원을 얼싸안았습니다. 그녀는 제 어깨에 기대 하염없이 울었습니다. 남편의

죗값에 대신 용서를 구하는 눈물이라고 생각했습니다. 저는 그길로 당신을 찾아가기로 마음먹었습니다.

파원에게 어디로 갈 건지 물었습니다. 잘 모르겠다고 하더군요. 내전 중인 데다 군정 국가가 된 수지 마을로는 돌아가고 싶지 않다고요. 고개를 끄덕이다 파원에게 제안했습니다.

"잎새 마을로 가서 살면 어떨까요?"

우리는 같은 민족이니까요. 풍요롭고 안락한 곳은 아니지만 말이 통하고 폭력이 없는 곳이니까요. 파원에게 우리 마을로 가는 길을 알려 주었습니다. 그가 여권을 재발급받고 도시를 빠져나가도록 도왔어요. 도시를 벗어나기 전까지 이용할 부르카도 다시 사야 했습니다. 파원의 남편과 마주치지 않기 위해 신중하게 움직였습니다.

헤어지기 전, 부르카 그물망 너머로 파원의 눈빛이 살짝 보였습니다. 파원은 깨끗이 빨래한 푸른 스카프를 제게 건넸습니다. 저는 낡은 스카프를 잠시 받아 들었다가 바로 되돌려주었습니다. 자꾸만 뒤를 돌아보며 깊게 고개를 숙이는 작고 검은 실루엣을 향해 얼른 가라고 손짓했습니다.

항구국으로 건너가려면 삼 개월짜리 관광비자라도

필요했습니다. 수지 마을이 속한 밀림국 여권을 들고 항구국 대사관에서 비자를 발급받아야 했습니다. 그 나라 대사관의 일 처리는 매우 느리더군요. 추가로 준비해야 하는 서류들이 점점 불어났습니다. 꽤 많은 돈을 들여 가짜 통장도 만들었습니다. 잔고가 충분한 사람만 관광할 수 있다는 뜻일까요? 돈을 쓸 사람만 추려 내 입국을 허가한다는 뜻이겠지요?

더디게 흐르는 시간을 또다시 버텼습니다. 당신이 그곳에 있을 거라고 확신했기에 며칠 기다리는 건 일도 아니었습니다.

삼 년 전 당신이 처했을 상황을 머릿속으로 그려 봤습니다. 부르카도 없이 여권도 없이 이 낯선 도시에 왔다가 변고를 당하고 응급치료만 겨우 받은 채 도망치듯 밀항했다면, 당신은 결국 열도국의 여권을 발급받지 못했을 테지요. 그 상태로 항구국으로 이동했다면 당신은 어디로 갔을까요? 당신이 갈 수 있었던 곳, 갈 수 없었던 곳은 어디일까요?

유언 엽첩 2

항구국으로 가는 배에 올랐습니다. 편안한 객실에는 들어가지 않았어요. 일부러 짐짝이 아무렇게나 쌓인 어두컴컴한 창고 안에 머물렀답니다. 창고에 주저앉아 눈을 감고 밤바다의 기운을 느꼈습니다. 시간차이를 두고 당신의 여정을 그대로 쫓아가는 것 같았습니다.

몇 시간이 지나자 미지근했던 바닷바람이 다시 차가워졌습니다. 당신을 만나기까지 몇 개의 경계를 더넘어야 하는 걸까요? 당신과 만날 수만 있다면야 얼마든지 뛰어넘겠다고 마음먹었습니다.

항구에 도착한 뒤 항구국 입국 심사대 근처에서 서성대다 쿠진어를 아는 사람을 찾아 물었습니다. 여권없이 입국한 사람들은 어떻게 되느냐고요. 누군가 알려 주더군요. 유효한 증명서가 없는 사람들은 항구국의 출입국 및 난민 관리청 산하 입국관리 시설에 수용된다고요. 저는 물어물어 입관 시설이라 부르는 건물을 찾아갔습니다. 항구국 바닷가, 인적이 드문 길목 깊숙이 자리하고 있는 건물이더군요. 아무런 특색이 없는 회색 건물이었어요.

당신이 이곳에 있을 거라고 짐작했습니다. 시설 근처에서는 다양한 인종의 사람들이 서류를 만드느라 분주했습니다. 저도 돈을 들여 면회 신청서를 작성했어요. 당신 이름과 출신과 입국 시기를 자세히 적어 면회를 요청했어요. 그런데 시설 데스크에서는 면회 신청서를 바로 되돌려주었습니다. 로밀야라는 사람이 없다고 했습니다. 당신이 다른 이름을 댔을 수도 있다고 생각했어요. 서류를 작성해 준 곳에 가서 추가로 비용을 지불하고 저 대신 말해 줄 사람을 구했습니다. 그를 통해 시설에 쿠진족이 있는지, 삼 년 전 열도국에서 입국한 여성이 있는지 확인해 달라고 요청했지만 개인정보를 공개할 수 없다는 답만 들을 뿐이었습니다.

매일 입관 시설 근처를 서성이다 훌쩍 삼 개월이 흘렀습니다. 탄광에서 일하며 모은 돈도 항구국에서 몇 번 환전을 거치니 썩둑썩둑 반토막이 났습니다. 당신과 함께 살 생각만으로 미래를 몽땅 끌어모아 일했는데 이웃 나라에 오니 고생했던 옛 시간도, 앞으로의 시간도 초라해지고 말았어요.

입관 시설이 잘 보이는 맞은편 건물에서 청소 일을 시작했습니다. 삼 개월짜리 비자가 만료되고 딱히 노동 비자가 없다는 점을 아는 사람이 항구국 최저임금의 절반 가격으로 저를 고용했습니다. 말도 안 되는 임금인 줄 알면서도 일하기로 했습니다. 어마어마하게 선심을 쓰는 양 거만하기만 한 건물 주인 앞에서 깍듯이 고개를 숙였습니다.

그날부터 저는 시설 근처, 조금이라도 흙이 있는 곳이라면 어디에든 비티스디아 씨앗을 심었습니다. 청소하는 건물 안에서도 흙이 있는 곳마다 싹을 틔웠어요. 버려진 컵라면 용기에도 흙을 채워 씨앗을 심었습니다. 어느덧 건물 옥상이 작은 화분으로 가득 찼지요. 당신의 그림자라도 발견하기 위해 머물렀는데, 그때부터는 싹을 틔우기 위해 일했습니다. 국경이 생긴 뒤 당신이 볼 수 있도록 씨앗을 심던 마음과 똑같았습니다.

종일 일했지만 건물 청소 월급으로는 살기 힘겨웠어요. 먹고 자는 것 같은, 생존을 위한 최소 조건을 확보하기조차 벅찼습니다. 잠만 자라는 허락을 간신히 받고 건물 안 휴게실에서 생활했습니다. 사람이 통행하지 않는 지하 계단 아래 공간이었지요. 통풍도 안 되는 곳이었지만 그 공간마저 없었더라면 버틸 수 없었을 거예요. 먹고 자는 일 따위는 어떻게든 최소화하며 식물을 키웠습니다. 이 작은 잎이 나무가 되면 당신을 만날 수 있을까요? 당신이 있는 곳까지 비티스디아 가지가 뻗어 간다면 얼마나 좋을까요?

입관 시설 주변에 심은 비티스디아를 찾아 매일 말을 걸었습니다.

"내 이야기를 새겨 주렴. 내가 여기 있다고. 보고 싶다고. 같이 돌아가자고. 고향에 돌아가서 함께 살자고…… 꼭 전해 주렴. 부탁한다."

예쁘게 키워서 건물을 오가는 사람에게 화분을 선물할 계획이었어요. 비티스디아의 놀라운 능력을 모르는 사람들에게는 그저 무용한 식물로 보일 테지요. 아무 의미를 느끼지 못하더라도, 그냥 예쁜 식물로만 보이더라도 상관없었습니다. 식물의 소소한 유용함 때문에 선택된대도 좋았어요. 싹을 틔워 예쁜 화분에 비티스디아를 옮긴 뒤 깨끗하게 잎을 닦았습니다. 건물을 오가는 사람에게 건네기도 하고 건물 앞에 화분을 놓아두기도 했습니다. 건물 안으로 화분을 가져갈 사람을 잠자코 기다렸어요. 화분은 자꾸만 버려졌습니다. 저는 버려진 화분을 찾아내 다시 돌보았습니다.

그다음 봄이 되자 비티스디아 씨앗이 한꺼번에 날아올랐습니다. 작은 씨앗에 붙은 솜털이 한껏 공기를 머금고 비행을 시작했습니다. 둥실 떠오른 씨앗이 작은 새의 몸에 달라붙어 멀리 흩어지는 모습을 바라보았습니다. 건너편 건물 창문은 너무 작고 어두웠어요. 안에 누가 있는지 보이지 않았지요. 하지만 당신이 어디에선가 저의 옥상 정원을 바라봐 주길 바랐습니다.

항구국 말도 조금씩 배웠습니다. 항구국 말은 너무 어려웠어요. 말 자체도 어려웠지만 항구국에서는 처지에 따라 구사할 수 있는 어법이 다른 모양이었습니다. 저에게 지시를 내리는 사람들 말을 똑같이 따라 했다가 상점에서 큰 소리로 욕을 먹고 쫓겨난 적도 있었습니다. 그들은 최저임금의 절반만 주면서도 저를 모욕할 수 있는 처지였고, 저는 무례한 사람을 쫓아낼 수 없는 처지였지요.

항구국 사람들은 대체로 예의 발랐지만 어느 순간 차갑게 돌변하곤 했습니다. 돌변하는 맥락을 이해할 수 없어 어리둥절했어요. 지위나 신분에 대한 항구국 사람들의 판단이 매우 자의적이라는 인상도 받았습니다. 한번은 제 앞에 서 있던 손님에게는 예의 바르던 점원이 제게는 차가운 태도를 보이더군요. 앞에 서 있던 사람이 민망해하지는 않을까 싶어 그의 얼굴을 쳐다봤어요. 그는 점원 곁에 나란히 서서 똑같은 표정으로 저를 내려다봤답니다.

항구국 사람들은 원예를 즐겼습니다. 손바닥만큼 작을지언정 정원을 품은 단독주택이 골목마다 늘어서 있었습니다. 정원은 항구국 사람들이 꿈꾸는 이상적인 집의 필수 조건인 듯했습니다. 골목길을 걷다 보면 계절마다 좋은 향기가 났어요. 작은 마당이 좁다는 듯 힘차게 뻗어 가는 식물들을 보며 작게 위로받았어요. 창틀마다 가지런히 놓인 작은 꽃에서 생의 기운이 터졌습니다. 고향의 척박한 동토를 뚫고 기어이 터져 나오던 힘찬 기운이 떠올라 울컥 눈물이 났어요. 작고 푸른 기운이 제 마음을 알고 화답하는 것만 같았습니다.

반면 정원을 가꾸는 사람들에게 건넨 저의 인사는 튕겨 나오기 일쑤였습니다. 힘써 꽃피운 자기 마당의 생기로움이 고작 낮은 담 밖으로도 나가지 못하는구나 싶어 서글퍼질 때도 많았습니다.

그곳에서 여러 차례 봄을 맞았습니다. 기한을 정하고 머문 건 아니었습니다. 그저 비티스디아가 저의 이야기를 잎사귀에 새겨 주길 기다렸을 뿐입니다. 다음 봄을, 새로운 싹이 터질 순간을 마냥 기다렸어요.

그렇게 예닐곱 번의 봄을 맞았습니다. 제게는 그저 눈 깜짝할 새였지만요.

어느 점심시간이었어요. 수많은 사람이 통행하는 건물 로비를 쓸고 닦다 풀썩 쓰러지고 말았습니다. 오랜 피로와 영양부족으로 몸살이 난 줄로만 알았어요. 통풍이 잘되지 않는 휴게실로 옮겨졌고, 그대로 며칠 동안 사경을 헤맸습니다.

간신히 눈을 뜨고 바짝 마른 입술로 일어났는데 기묘할 정도로 사위가 조용했습니다. 힘겹게 발걸음을 옮기며 건물을 둘러보았는데 아무도 없더군요. 정규 방송도 멎은 듯 짧은 뉴스가 계속 반복되고 있는 티브이를 보았습니다. 전 세계적 규모의 전염병이 돌았다고 하더군요. 처음에는 국경을 굳게 닫았던 항구국도 팬데믹의 소용돌이를 피하지 못했습니다. 어설픈 거짓말로 감염자 수를 속인 바람에 확산을 막지 못하고 속절없이 굴복하고 말았다고 하더군요. 노인과 어린아이, 임산부, 의료보험이 없는 사람부터 쓰러졌습니다. 어쩌면 이렇게 약한 자들만 골라 노리는 건지, 야비한 병마에 모두 휘청였습니다. 전부 나중에야 들은 말이었지만요.

그길로 건물을 나섰습니다. 허허벌판이 된 싸늘한

거리를 마주하고 한참을 망연히 서 있었습니다.

"아…… 로밀야, 로밀야!"

당신의 이름을 부르며 입관 시설을 향해 달렸습니다. 자꾸만 발목을 삐끗하면서도 주저앉을 수 없었습니다. 거리에는 아무도 없더군요. 당신의 이름을 외치는 떨리는 제 목소리만 텅 빈 골목에 애처롭게 울렸습니다.

어지러움 때문에 쓰러졌다 일어나길 반복했습니다. 몸을 추스른 뒤 다시 움직이는 편이 나았겠지만 멈출 수 없었습니다. 시설의 정문은 열려 있었습니다. 문이 열린 모습은 처음 보았어요. 건물을 올려다보니 이불에 쓴 SOS가 보였어요. 건물 안으로 조심조심 들어갔습니다. 로비와 데스크에 아무도 없었습니다. 시설에서 보낸 구조 신호를 누군가 본 덕분에 문이 열리고 사람들이 모두 밖으로 나온 모양이었습니다.

저는 혹시나 하는 마음에 텅 빈 시설 내부를 헤집고 다녔습니다. 여성들이 지냈던 것으로 보이는 층에서는 방마다 들어가 꼼꼼히 흔적을 훑었습니다. 그리고 창문이 작아 햇빛이 잘 스며들지 않는 어느 방에서 발견하고 말았습니다. 우유 팩 크기만 한 작은 화분에서 미약하지만 선명하게 빛나는 초록빛 풀잎을

요. 옅고 약한 빛깔이었지만 작게 싹을 틔운 비티스디아였습니다.

이곳에 당신이 있었습니다. 비티스디아가 당신의 기억을 작은 풀잎에 새기고 있었어요. 잎을 따서 낡은 지갑에 넣었습니다. 방 안에 걸린 낯선 국기의 형태와 색도 기억해 뒀어요. 수년간 내전과 인종학살이 계속되던 사막국의 국기였습니다.

당신의 이름을 부르며 마을 구석구석을 배회했습니다. 터미널 앞 광장에 하염없이 주저앉아 있었어요. 버려진 박스에 쿠진어로 당신의 이름을 적어 양손 높이 들고 있기도 했습니다. 밖에 나설 때마다 비티스디아 화분을 들고 걸었습니다. 사막국과 열도국 대사관 주위를 쉬지 않고 걸었고요. 혹시 몰라 옆 동네에 있는 밀림국과 얼음산국 대사관 근처에도 가 봤습니다. 그곳에서 망연히 서 있었어요.

인적이 사라진 마을은 고요했습니다. 도시 풍경과 어울리지 않는 몸집 큰 들짐승들이 유유히 거리를 활보하며 제 곁을 지나갔습니다. 집집마다 가지런히 놓여 있던 화분에서는 더 이상 향기가 나지 않았습니다. 가꿀 사람이 없어 말라 버렸더군요. 당신의 흔적까지 도시에서 사라진 것 같았습니다. 천천히 깨달았

습니다. 이 도시에 어울리지 않는 건 들짐승들이 아
니라 나구나…….

아무도 없는 도시에서, 무엇보다 당신이 없는 이
나라에서, 꼭 만나야 할 사람이 사라진 곳에서 불법
체류자라는 이름으로 버티는 것은 아무 의미가 없었
습니다. 긴 여행을 마칠 때가 왔음을 직감했어요. 잎
새 마을로 돌아가기로 했습니다. 당신을 향해 내달리
기만 한 인생이었는데 한없이 덧없었습니다.

당신과 함께 돌아가길 원했는데, 제 여행이 당신을
마중하는 길이 되길 바랐는데, 헤어진 이들의 눈물을
먹고사는 존재라도 있나 봅니다. 운명의 신은 우리를
몹시도 시샘했나 봅니다. 신을 원망하고 또 원망했습
니다.

유언 엽첩 3

팔 년 만에 고향에 돌아왔습니다. 마을 어귀에 들
어서자 어머니가 달려 나와 저를 얼싸안았습니다. 반
가움과 책망이 뒤섞인 눈물을 닦아 내고는 어머니가
이상한 이야기를 했어요.

"우리 며느리와 손녀를 이렇게 오래 기다리게 하다니!"

처음에는 형수와 조카를 말하는 줄로만 알았습니다. 고향 집에 들어서자 어머니가 한 아이를 손짓해 불렀습니다.

"이리 와 봐. 아빠야. 아빠가 왔어."

어머니가 어린아이에게 말했고 아이가 저를 아빠라고 불렀습니다. 곁에서 당황한 표정으로 서 있는 여성의 얼굴을 빤히 들여다보았습니다. 파원이었어요. 어머니가 짜 준 푸른 스카프를 들고 파원이 우리 마을로, 우리 집에 와 있었던 거예요. 파원은 울음을 터트릴 듯한 표정으로 저의 처분을 기다렸습니다.

아이는 열도국 전 남편의 아이라고 하더군요. 푸른 스카프를 들고 온 것을 보고, 그리고 제가 보냈다는 말을 듣고 어머니가 오해하셨다고 고백하더군요. 제가 없는 고향 집에서 칠 년이 넘도록 저의 아내로 살고 있었던 거예요.

저는 제 앞의 세 여성을, 그리고 만나지 못한 당신까지 더해 네 여성의 삶을 가만히 바라봤습니다.

어머니는 쿠진족 4세였어요. 말이 통하지 않는 곳으로 시집와서 정착하셨지요. 파원은 먼 곳으로 시집갔던 쿠진족이었는데 우여곡절 끝에 지친 몸으로 돌아온 여자였습니다. 파원의 딸도 말없이 바라봤어요. 아이의 얼굴에서 당신과 파원을 폭행한 남자의 얼굴이 언뜻 보여 처음에는 아이를 꼭 안아 주기가 힘들었습니다. 하지만 그건 그 애의 원죄 따위가 아니지요. 그리고 아직 돌아오지 못한 당신까지……. 네 여성의 삶을 보며 저는 무력함에 가슴을 쳤습니다. 나는 이들의 삶에 비티스디아 씨앗 하나만 한 힘도 되지 못했구나…….

"미안합니다. 정말 미안합니다."

정작 사과는 파원이 했습니다.

"당신이 사랑하는 이의 자리를 제가 빼앗았어요. 태어날 아이 때문에 어떻게든 버틸 자리가 필요했어요. 어머니의 오해를 제 몫인 양 이용했어요. 과분한 사랑을 받았는데 상처를 드렸습니다. 용서해 주세요. 바로 떠나겠습니다. 미안합니다. 정말 미안합니다."

이야기를 제대로 되돌려야 했어요. 저는 앞으로도 당신을 찾아 헤맬 거고 주변 사람들도 그렇게 알아야 했습니다. 그날 늦도록 파원과 이야기를 나누는 사이, 아이가 제 무릎에 올라와 잠을 청했습니다. 저를 아빠로 아는 아이에게 어떻게 해야 할지 몰랐지만 잠시 아이를 품에 안았어요. 자다 깬 아이의 체온이 따듯했습니다.

긴 여행에 지친 탓일까요? 목적을 이루지 못한 긴 여행이 지긋지긋하게만 느껴졌습니다. 당신과 헤어지지 않았다면 이렇게 방랑하지 않아도 되었을 텐데……. 제가 진실을 말하면 이번에는 파원과 아이가 긴 여행을 시작하게 될 터였습니다. 아이가 떠도는 삶을 살지 않길 바랐습니다. 떠돌다 돌아온 저였기에 그 누구보다 간절히 그렇게 바랐어요.

그날 파원에게 제안했습니다.

"제겐 평생 찾아야 할 사람이 있습니다. 제 마음을 너무 오래 한 사람에게만 허락해서 다른 사람에게 내어 줄 자리가 없을 겁니다. 그래도 괜찮다면 저와는 형제처럼, 저희 어머니의 딸처럼 우리 가족으로 살아 주겠어요?"

저는 파원의 오빠이자 동시에 파원 딸의 아빠가 되어 주기로 했습니다. 참 이상한 관계지요? 하지만 이런 이상한 가족도 세상에는 있겠지요? 눈물을 흘리는 파원의 어깨를 안아 주고 살며시 등을 두드렸습니다.

고향에 돌아온 뒤 저는 오래 앓았습니다. 간신히

몸을 추스르곤 습관처럼, 정해진 의례처럼 국경 근처 비티스디아 숲을 가꾸는 일을 다시 이어 갔어요. 당신을 기억하는 사람들은 입을 다물었고, 파원이 아내인 줄로 아는 사람들은 혀를 찼습니다. 구태여 설명하지 않는 일들이 계속 늘어 갔습니다. 파원과 딸아이에게 서먹한 저를 보고 사람들이 욕하는 소리도 들었습니다. 어머니는 파원에게 사정을 들은 모양이었지만 변함없이 파원을 며느리라고 부르셨고 가끔은 저를 욕하기도 하셨지요. 그렇게 우리는 함께 살았습니다.

처음에는 파원이 거짓말로 우리를 속였다고 생각했지만 그는 속죄 이상의 사랑을 우리에게 보여 주었습니다. 파원은 친어머니처럼 어머니를 사랑했고 핏줄처럼 우리 가족을 살폈습니다. 무심한 저보다도 우리 가족과 더 친밀했어요. 어머니도 파원을 딸처럼 여겼고 형도 조카를 사랑해 주었지요. 서먹하기만 한 아버지를 잘 이해하진 못했지만 제 딸도 평범하게 성장했습니다. 어느 순간 파원이 이미 우리 가족임을 인정하지 않을 수 없었습니다.

돌아가시기 직전 어머니는 유언으로 제게 파원을 부탁하셨어요.

"이제부터는 나 대신 내 딸과 손녀를 사랑해 다오. 내 딸이 혹시 너를 힘들게 했더라도 이 어미를 봐서라도 용서해 주렴. 부탁한다……."

악력이 느껴지지 않는 어머니의 손을 꽉 잡고 저는 자책했습니다. 그동안 저는 무엇을 가족이라고, 무엇을 사랑이라고 생각해 온 걸까요?

어머니와 파원은 세상에서 서로를 가장 잘 이해하는 사이였습니다. 우연과 운명이 가족으로 이어 준 덕에 두 사람은 함께 살아왔지요. 둘 다 고향을 떠나온 사람이었고 고향으로 돌아가지 못한 사람이었습니다. 자신을 연민하듯 서로를 보듬고 사랑했습니다. 두 여성이 서로에게 보인 사랑을 가장 가까운 곳에서 지켜보다 저는 이런 생각에 다다랐습니다. 당신을 오래 그리워해 온 제 마음조차 어쩌면 알량한 허상일지도 모른다고요.

어머니가 돌아가신 뒤, 파원이 우리 가족이 된 지 십수 년 만에 우리는 뒤늦게 결혼식을 올렸습니다. 세어 보니 당신과 헤어진 지 이십오 년 만이더군요. 무엇보다 딸에게는 아빠가 필요했습니다. 형의 가족과 팅팅의 가족이 기쁘고 성대한 결혼식이 되도록 애써 주었습니다.

결혼식 음악이 울려 퍼지는 동네잔치를 바쁘게 오가다 힐끗 국경 건너편을 돌아보았습니다. 저 철벽이 없었다면 밑동 마을에도 음식을 가져가 나눴을 텐데요.

우리는 그렇게 가족이 되었습니다. 사실 파원과 저는 계속 오누이처럼 살았지만요. 당신에게 했던 약속을 이제는 딸에게 이어 가고 있습니다. 당신을 끝까지 기다리지 못해 미안합니다.

제 딸은 살갑게 대하려 애쓰다 갑자기 어색해지고 마는 아빠에게 불만을 표하곤 했어요. 엄마와 할머니를 너무 사랑하는 마음에 제 딸은 언제나 저를 탓했지요. 그럴 때면 저는 돌아가신 어머니가 저를 꾸중하는 말이라 생각해 잠자코 고개를 끄덕였답니다.

산책길 초입에 서서 허리춤에 손을 얹고 있는 딸아이가 보였습니다. 딸이 늘 마중을 나왔거든요. 우리는 티격태격하며 집으로 돌아왔습니다.

"아빠! 왜 이렇게 늦게 와!"

숲을 거닐다 오는 저를 딸이 책망했습니다. 그냥 산책이라고, 오랜 습관이라고 말했어요.

"아빠, 엄마한테 사랑한다고 말 좀 해. 숲에 말을 거는 것처럼 엄마한테도 말을 걸라고. 사람 마음은 표현해야 아는 거 아냐? 안 그래?"

"그런 말을 해 본 적이 없어서 그래. 부끄럽고 어색해."

"뭐가 부끄러워? 지금부터라도 해 보면 되잖아."

"알았어, 알았어."

"그럼 나랑 연습할까?"

"어…… 아니. 혼자 연습해 볼게."

산책에서 돌아오는 길은 언제나 우리 둘만의 시간이 되곤 했습니다.

당신이 없는 곳에서 저는 새로운 삶을 이어 가고 있습니다. 당신 덕분에 인생을 건 모험을 경험했어요. 당신을 다시 만난다면 제 딸을 꼭 소개해 주고 싶어요. 언젠가 꼭 인사를 전하고 싶어요. 당신 덕분에 조금이나마 사랑을 알았다고요. 당신을 그리워하며 사랑하는 방법을 배웠다고요.

아내는 딸의 진학을 위해 얼음산국 수도로 이사하길 원했습니다. 저는 두 사람에게 먼저 가 있으라고 말했습니다. 조금 늦게 따라가겠다고요. 딸아이는 화를 냈어요.

"아빠! 이렇게 무책임하게 나올 거야? 아빠가 거기에 집을 마련해 놓고 우리를 보내는 것도 아니잖아?

여기서 생활비를 보내 줄 수도 없잖아? 가면 우리는 죽도록 고생할 게 뻔하다고. 도대체 왜 이러는 거야? 평생 이기적으로 살더니!"

오해라고 설명해도 딸아이는 받아들이지 않았어요. 우리 가족은 그렇게 헤어졌습니다. 얼음산국 수도로 떠나는 두 사람을 배웅하며 천만다행이라고 생각했습니다. 언젠가 뒤쫓아 갈 수 있을까……. 곰곰이 생각하다 천천히 등을 돌렸습니다. 혼자 남아 변명해 보았어요. 어떤 일은 어쩌면 오해인 채로 남겨 둬야 할지도 모른다고요.

아내와 딸을 떠나보낸 뒤 잎새 마을에 남은 사람들과 함께 긴 시간을 들여 전쟁을 준비했습니다. 남은 이들은 모두 저처럼 나이 들고 힘없는 사람들이었습니다. 저와 비슷한 심정이었을 사람들만 모였더군요.

우리가 독립을 선언하고 국가주권승인기구의 승인을 기다리는 동안 얼음산국의 군대가 잎새 마을로 내려오고 있다는 소문이 돌았습니다. 우리를 테러리스트라고 부른다더군요. 고작 낡은 농기구를 손에 쥐고 있을 뿐이었는데 말이지요. 고산지대에서 소박하게 살던 우리가 완전무장한 군대와 충돌해서 얻을 수 있는 승리란 무엇일까요? 질 게 뻔한 싸움이었지만 저는 목숨을 걸기로 했습니다. 곰곰이 자책하며 마지막 행동에 나설 뜻을 세웠습니다.

저는 줄곧 무지했습니다. 아무 힘도 없었어요. 그래서 당신의 안부도 알 길이 없었고, 우리 마을의 앞날도 지키지 못했습니다. 우리 마을이 비겁하고 영리한 외국 개발사들의 먹잇감이 되는 동안 제 월급만 계산했을 뿐이었습니다. 착취당하고 있는 줄도 몰랐습니다. 한 번도 큰소리를 내지 못했고, 침략자들을 향해 우리 땅에서 나가라고 몸부림치지도 못했습니다. 그 결과 당신 마을 사람들은 무참히 학살당했고, 우리 마을의 생계 수단은 몽땅 끊겼으며, 수지 마을의 길고 긴 내전도 도무지 손쓸 수 없는 상황이 되었습니다.

한 번은 보여 줘야 했습니다. 죽을지언정 이대로 죽을 수 없다는 걸요. 어리석은 행동이었다고 나중에 우리 딸아이가 혀를 찰지도 모르겠습니다. 그래도 언젠가 후손이 우리를 기억해 주길 바라고 있어요. 두려움을 떨치고 투쟁한 쿠진족이 있었다는 사실을요. 목숨 걸고 싸웠다는 기억 하나쯤 제 손으로 만들어 내고 싶었습니다. 우리 민족을 위한 거대한 꿈

같은 건 아니었습니다. 그저 저의 소박한 꿈이었습니다. 당신을 구하지 못했던 구차한 제 삶을 도저히 자부할 수 없었습니다. 허망한 삶을 돌아보며 그래도 잘 살았다고 받아들일 이유 하나쯤은 만들고 싶었습니다. 시시하고 초라한 동기지요? 하지만 단 한 번도 싸우지 않고서는 저 자신을 용납하지 못할 것 같았습니다.

엽첩과 함께 보존된 별지

군대가 마을 앞에 도착해 있다고 합니다. 이 나무에 들려 주고 있는 이야기가 어디까지 남을지 모르겠습니다.

아……. 첫 전투에서 너무 큰 희생이 있었습니다.

어머니……. 파원……. 내 딸 아이린……. 그리고 로밀야……. 모두 보고 싶다.

싸움의 다른 이름은 삶이 아닐까.

증오의 다른 이름은 살아 내는 것이 아닐까.

사랑의 다른 이름 역시 살아가는 것이 아닐까.

그러니 마음껏 미워하고 힘써 싸우자. 그러고 난 뒤에는 목숨을 다해 사랑하자. 그렇게 같이 살아가자. 같이 살자. 같이 살아 내자. 살아가 보자…….

춥다. 잎새 마을은 언제나 추웠지. 단단한 동토는 단 한 번도 간편하게 우리에게 안락함과 평온함을 허락하지 않았지.

생각해 볼수록 이곳에 울창한 푸른 숲을 이룰 수 있었던 것은 기적이었어.

고맙다. 우리와 함께 살아 줘서. 아무것도 없는 이 메마른 땅에 뿌리내려 주어서…….

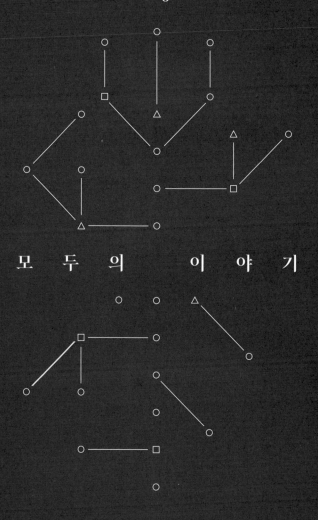

6 장

모 두 의 이 야 기

이뢴은 푸룬의 유품이 된 엽첩의 첫 장을 바라보았다. 가장 크기가 작고 오래된 잎이 놓여 있었다. 만지기만 해도 부서질 것처럼 얇은 잎이었다. 신중하게 스캔해 작은 잎에 새겨진 메시지를 번역했다. 작고 옅은 흔적이었지만 잎을 키운 이의 굳은 결심이 그 속에 깊이 새겨져 있었다.

지금은 비록 갇혀 있지만 누구도 나의 마음을 가둘 수는 없다. 바람처럼, 파도처럼, 바람 위에 올라선 새처럼, 파도 따위 개의치 않는 물고기처럼, 육중하고 무자비한 담벼락을 훌쩍 뛰어넘은 씨앗처럼 우리들의 목소리는 갇히지 않는다. 억지로 가두려 할수록 더욱 멀리, 더욱 홀가분하게 날아오른다.

나는 무언으로 부르짖는다. 고향을 그리는 마음을, 자유를 향한 간절함을, 너를 향한 사랑을……

나는 소리친다. 좁은 방 밖으로, 더 넓은 세상으로 우리 목소리가 도착할 때까지, 언젠가 작은 잎에 새긴 이야기를 누군가 찾아낼 때까지…… 죽도록 외친다. 세상을 향해.

나는 여기서 죽을지언정 우리들의 이야기는 밖으로 터져 나갈 것이다.

이뤈은 특별한 잎이 담고 있는 이야기를 오랫동안 바라보았다. 로밀야가 수용시설에서 키운 메시지였다. 푸룬이 고향으로 가져온 로밀야의 기록이었다.

이뤈은 푸룬의 유언 엽첩을 번역해 할머니에게 건넸다. 이야기를 읽어 내려가는 할머니의 굽은 등을 이뤈은 묵묵히 바라보았다.

"쯧쯧, 투박한 영감 같으니라고. 표현해야 아니까 말 좀 하라고 했더니만, 우리한테 할 이야기를 죄다 나무한테 하고 있었구먼."

할머니는 엽첩의 마지막 부분, 별지에 보존되어 있

218

던 잎을 손끝으로 쓰다듬으며 말했다.

"진압 작전이 완전히 끝났다는 말을 듣고 찾아가 보았단다. 예전부터 아끼셨던 정원의 나무 아래에서 아버지가 피범벅이 된 채 숨져 있었지. 눈을 감는 순간까지 나무에 유언이라도 남기지 않으셨을까 싶어 다음 봄에 잎을 채취했단다."

유언 엽첩의 별지에 보존된 잎은 할머니가 채취해 둔 것이었다. 이뢴은 깜짝 놀라 물었다.

"할머니도 혹시…… 잎맥을 읽을 줄 알았어?"

"어렸을 때 동네 장로님들에게 몇 가지 패턴을 배웠지. 지금은 다 잊어버렸지만."

아버지가 남긴 이야기를 가슴에 품은 채 할머니가 물끄러미 정원을 바라보며 말했다.

"먹고사는 일에 너무 바빠 천천히 잎맥을 들여다볼 여유가 없었단다. 한 번도 몸과 마음이 넉넉했던 시절이 없었으니……. 어머니, 아버지 옛이야기를 천천히 들어 볼 마음도 없었구나."

할머니와 이뢴은 푸룬이 남긴 엽첩을 통해, 그리고 AI의 분석과 번역을 통해 처음 알았다. 할머니는 푸룬의 친자가 아니었다. 푸룬과 그의 딸, 그리고 푸룬과 이뢴은 핏줄이 이어지지 않았다. 지금껏 자신을 사 분의 일 쿠진이라고 생각했지만 몸속에 흐르는 피의 국적이나 농도 따위를 계산하는 일은 말 그대로 무의미했다. 이뢴에게는 로밀야를 해친 열도국 가해자의 피도 흐르고 있었다.

할머니의 표정이 복잡하게 주름졌다. 할머니는 평생 품어 온 아버지에 대한 원망을 새롭게 마주하게 되었다.

"왜 엄마를 사랑하지 못하느냐고 책망했는데…….
적어도 내게는 기꺼이 아버지가 되어 주셨어."

할머니에게는 아버지로 대표되는 윗세대 쿠진족에 대한 감정까지 정리할 시간이 필요했다. 반추할 시간을 드리고자 이뢴은 조용히 할머니 집을 나섰다.

곧 발루에게서 영상통화가 걸려 왔다. 이뢴이 번역해 보낸 푸룬의 또 다른 이야기를 읽었다며 흥분해 목소리를 높였다.

"이뢴! 마을 사람들이랑 다 같이 푸룬 할아버지의 편지를 읽었어요. 여기 지금 난리 났어요!"

발루의 마을 사람들은 이뢴과 똑같이 기뻐했다. 푸룬의 편지를 누군가의 이야기가 아니라 자신의 이야기로 읽어 낸 사람들만이 동감할 수 있는 감정이었다.

"우리 로밀야 할머니 생고생하실 때 약혼자라는 사람은 어디서 뭐 하고 있었느냐고 엄청나게 욕했는데……. 다들 지금 미안해서 죽을 지경이에요!"

영상통화 화면 속에서 다른 이웃들도 얼굴을 내밀었다.

"이뢴! 로밀야 할머니 이야기를 다시 읽기 시작했어요. 완전히 다르게 읽히더라고요. 전에는 안타깝기만 했는데 이제는 애틋해요."

"여행 이야기인 줄 알았는데 사랑 이야기였지 뭐야!"

"푸룬이란 분이 우리 할머니를 줄곧 잊지 못한 거잖아. 너무 로맨틱해."

"정처 없이 떠도는 이야기라 생각했는데 두 사람 마음은 일찍부터 정착했던 게지."

"고마워요, 이뢴. 비극이라고만 생각했는데 희망이 있었어요."

"희망은 원래부터 있었는데 우리가 못 본 것뿐이야. 이뢴이 찾아낸 거고."

화면 속 사람들이 왁자지껄했다.

"이뢴, 파윈이랑 그 따님은 지금 어디에 살고 있어요?"

"이뢴의 친척인 거죠?"

"파원에게 고맙다고 전해 주세요. 우리 할머니를 기억해 줘서, 그리고 증언해 줘서."

"파원은 할머니들이랑 같은 세대니까 이미 돌아가셨겠지."

"아, 그렇겠네. 그럼 따님에게 인사 전해 주세요!"

이륀은 마을 사람들에게 약속했다. 자기 일처럼 기뻐하는 마을 사람들이 친척처럼 느껴졌다.

"이륀, 다음에 언제 올 수 있어요? 보고 싶어요!"

줄곧 목소리 톤이 높던 발루가 무심결에 이륀에게 고백을 해 버렸다. 별안간 표정이 굳은 발루는 천천히 주변을 돌아보았다. 카메라 주변이 어수선하다 싶더니 발루 얼굴이 갑자기 화면 밖으로 사라졌다. 빈 화면 너머에서 사람들 목소리가 들려왔다.

"발루! 어디 가?"

"왜 얼굴이 빨개졌어?"

"보고 싶어서 보고 싶다고 말한 게 뭐가 문제야?"

"어쩐지 요즘 발루 정원이 상큼하게 예쁘더라니."

"아, 좀! 쉿! 다들 조용히 해요, 제발! 이륀, 다음에 봐요! 끊어요!"

통화가 종료되고 검은 스마트폰 화면에 이륀 자신의 얼굴이 비쳤다. 이륀도 얼굴이 빨갰다.

얼마 뒤 이뢴은 자신의 발견을 부모님과 부모님의 지인들, 그리고 그들의 자녀들에게 전했다. 얼음산국에 사는 잔류 쿠진들은 발루의 마을 사람들처럼 기뻐하지 않았다. 대체로 미지근하거나 무심한 반응을 보였다.

잔류 쿠진들은 선조들의 마지막 전투가 어리석은 행동이었다고 생각했다. 밑동 마을의 학살도, 수지 마을의 오랜 내전도 다 그럴 만한 이유가 있어서 죗값을 치른 것이라고 여기기도 했다. 자기 출신을 통째로 부정하기 위해 얼음산국 사람보다 더 냉랭하게 구는 이들도 있었다. 그런 사람들은 이뢴이 발견한 기록에 아무런 감흥도 느끼지 못했다. 이뢴은 그들이 얼음산국 사람들보다 더 얼음산국답다 싶었다. 동시에 그 또한 얼음산국에서 살아남는 방법이겠거니 했다.

비티스디아 잎맥 패턴 연구 결과를 학술지 몇 군데에 보낸 뒤 이뢴은 긴 여행을 준비했다. 짐을 싸다가 이뢴은 얼마 전 사내 정기 발표회에 섰던 일을 떠올렸다.

강연자로 나선 이뢴은 담담했다. 단단히 마음을 정한 상태였다. 발표가 시작되자 무대 화면에 '비티스디아 잎맥 패턴과 쿠진-비티스디아어 연구 보존 프로젝트'라는 제목이 떴다. 쿠진이라는 키워드에 객석이 술렁였다.

"쿠진이라고?"

"이뢴이 쿠진이었어?"

이뢴은 자신의 정체성이 연구 내용과는 직접적인 관련이 없다고 생각했다. 하지만 연구 결과를 '공정하게' 판단하려는 사람들일수록 이뢴의 최초 동기와 그 이전의 '출신 성분'을 유난히 중요하게 생각하는 듯했다.

순수한 연구를 순수하게 받아들이기보다 다들 이뢴의 출신 배경에만 집중했다. 발루의 가족과 이웃들이 오랜 시간 명문화한 연구 기록과 언어 해독키, 그리고 이뢴이 디스커버러 AI로 입증해 낸 결과는 출신을 언급하는 사람들 앞에서 여전히 가설로만 남았다. 애써 발표한 연구 내용은 어디론가 증발한 것 같았다.

발표가 끝나고 이뢴은 이십오 년 넘게 얼음산국에서 살며 종종 마주쳤던 기이함을 다시금 떠올렸다. 절차에 따라 수행했는데도 유독 자신만 보통 이상의 철저함을 요구받았다. 평범해 보이는 일이 자신에게

서는 시작되지 않았다. 타인이 강제한 것일 수도 있고, 타인의 요구를 의식해 스스로 억눌러 온 것일 수도 있었다. 이 도시에서 살다 보면 꾹꾹 억눌린 바람에 끝내 개시되지 않는 일이 있었다. 실은 매우 잦았다.

쿠진이라는 정체성이 밝혀지면 공격받을 터였다. 덜컥 겁이 나곤 했다. 끊임없이 보통 이상의 완성도를 추구하며 엄밀한 완결성을 되뇌었다. 매 순간 그렇게 사는 건 괴로웠다. 자포자기하지 않도록 버텼지만 언제나 각오한 것 이상의 사건이 터졌다. 끝끝내 견뎌 낼 이유가 사라지는 순간도 찾아왔다. 혐오까지 사랑할 수는 없는 순간을 마주했다. 발표회 이후 가끔 한에게서 오던 연락은 완전히 끊겼다.

어떤 곳은 떠나야 비로소 이야기가 시작된다. 발표회가 끝나고 이륀은 사직서를 제출했다. 비티스디아 연구에 본격적으로 전념할 생각이었다. 각오에 각오를 더했다. 정기적으로 월급을 받던 때보다 훨씬 배를 곯게 될 거였다. 평소에 먹던 음식들이 사치가 될 만큼 단번에 생활수준이 열악해질 수도 있었다. 소속된 곳이 없다는 이유로 더 불안정해질지도 모르고, 지금보다 더 외롭게 살아갈 수도 있었다. 다만 혼자

고립될 생각은 없었다. 이뢴은 외롭지 않을 곳을 찾아 나서기로 했다. 새로운 모험을 시작할 시간이었다.

이번 여행은 잠깐의 휴가가 아니라 긴 이주가 될 예정이었다. 열도국의 적도 마을로 이민을 떠나겠다는 뜻을 밝혔을 때 할머니와 부모님은 놀란 표정을 보였지만 이내 이뢴의 결심을 응원했다. 어디에서든 안전하게 머물 것을, 정기적으로 가족들에게 연락해 생존 신고를 할 것을 몇 번이나 단단히 맹세한 후 이뢴은 얼음산국의 생활공간을 정리했다.

이전에 한 번 걸음했던 여행길에 다시 들어섰다. 두 번 다시 만나지 못할 먼 나라 사람과 기적적으로 스쳤다. 여행이 계속되니 순간순간 기적이 이어지는 것만 같았다. 두 번의 비행과 시외버스, 택시, 그리고 긴 도보를 거쳐 적도 마을에 도착했다. 아무리 둘러봐도 아무것도 없다고 확신할 수 있는 곳에서 기어이 수많은 이야기를 발견할 수 있었다.

이뢴은 맨 처음 비티스디아 숲을 보고 호기심을 느꼈던 순간을 회상했다. 오래전부터 누군가 이뢴의 발견을 계획해 둔 건 아닐까? 연구를 시작한 뒤로 세상을 떠난 이들, 흩어진 이들과 이어졌다. 오묘하고 경이로운 경험이었다. 푸른과 핏줄이라 믿었기 때문에 시작된 이야기는 아니었다. 이름 없는 누군가의 발자취를 따라가 본 것만으로 내딛는 걸음에 이유가 생겼다. 전에는 어렴풋하게만 예감했지만 이제는 분명히 말할 수 있었다. 푸룬과 로밀야의 여정이 자신과 발루를 통해 이어지고 있다고……. 그렇게 생각하니 자신의 인생도 시대를 관통하는 커다란 모험의 일부인 것 같았다.

비티스디아의 흔적을 따라간 건 이뢴의 인생을 건 도전이었다. 그 자체로 목적이었고 사명이었고 즐거움이었다. 그리고 사랑이었다.

커다란 나무 아래서 스콜이 지나가길 잠시 기다렸다가 이뢴은 다시 걷기 시작했다. 전혀 힘들지 않았다. 점점 마을에 가까워져 가고 있었다. 아니, 마을이 이뢴을 향해 다가오고 있었다.

"이뢴!"

마을 어귀에 나와 있던 발루가 멀리서 손을 흔들었다.

"발루!"

발루의 모습을 발견하자 이뢴은 애틋한 기분에 사로잡혔다. 먼 옛날 시작된 모험이 지금도 계속되고 있다. 그들은 서로의 모습이 보이지 않던 순간에도 사랑하는 이를 향해 다가갔다. 시간에 풍화되지 않는 간절한 그리움을 품고 살았다. 누구도 가둘 수 없는 자유로운 마음을 소중히 품었다. 줄곧 사랑하고 있었다. 변함없이 사랑했고 새롭게 사랑했으며 끝끝내 사랑했다. 이 순간에도 연인의 이야기가 이어지고 있었다. 푸른 숲이 계속 이어지는 한 사랑의 연대기는 앞으로도 계속될 터였다.

발루가 달려와 이륀을 얼싸안았다.

"아, 너무 반가워서 그만⋯⋯."

발루가 얼굴을 붉히더니 이륀의 가방을 받아 들고 나직이 말했다.

"기다렸어요. 시간이 몹시 더디게 흐르더군요."

발루를 바라보며 이륀은 누군가와 함께하는 여행을 상상했다. 로밀야와 푸룬이 평생 서로를 향하기로 서약했던 그 순간처럼.

이륀이 발루에게 손을 내밀었다. 두 사람은 손을 마주 잡았다. 이륀도 발루에게 고백했다.

"오는 길이 하나도 힘들지 않았어요. 기다리는 사람이 있다고 생각하니까."

모험하는 심장을 가진 사람들은 서로를 알아보았다. 모험을 떠난 이들을 기억하고 계승하는 사람들끼리는 더욱 잘 알아볼 수 있었다. 발루가 말했다.

"다음에는 내가 갈게요. 그다음엔 함께 출발해도 좋고, 그다음 번엔……."

이뤈은 발루에게 다가가 키스했다. 적도의 시원한 바람이 두 사람을 부드럽게 감쌌다. 그 순간 이뤈은 푸룬의 마지막 말을 떠올렸다.

사랑의 다른 이름 역시 살아가는 것…….
마음껏 미워하고 힘써 싸우자. 그러고 난 뒤에는 목숨을 다해 사랑하자. 그렇게 같이 살아가자.
같이 살자. 같이 살아 내자. 살아가 보자…….

가까운 데서 까르륵, 하며 아이들 웃음소리가 들렸다. 나무 뒤에 숨어 있던 아이들이 다가와 이뤈의 손에 작은 비티스디아 잎을 건네곤 깔깔 웃으며 마을을 향해 달려갔다.

"방해해서 미안해요!"

"그럼 하던 거 계속하세요!"

"우린 아무것도 못 봤어요!"

이뤈이 발루를 바라보았다. 발루는 목에 걸고 있던 목걸이를 풀어 이뤈에게 걸어 주었다.

신뢰와 희망. 푸룬이 건넨 잎을 로밀야가 흙 반죽에 찍어 만든 목걸이였다. 로밀야의 길고 긴 모험에 동행했던 마법이 이뤈의 가슴 위에 살포시 겹쳤다.

마을 입구에서 사람들 목소리가 메아리처럼 들려왔다.

"이뤈이 도착했대요!"

"이뤈이 왔대……!"

"이뤈……!"

이뤈은 따뜻한 환대 속에서 마을의 일원이 되어 갔다. 줄곧 자신의 터전을 포기해야 하는 일로만 생각했는데 외로울 거라는 각오가 무색했다. 적도 마을에서 이뤈은 바쁘게 보냈다. 도서관의 휴먼 그린북을 전부 스캔해 데이터화했다. 이뤈이 앞장섰고 마을 사람들이 함께 참여했다. 비티스디아어 연구도 계속 이어 갔다. 사람들에게 연구 내용을 알리고 의견을 나눴다. 분석되지 않은 부분을 두고 토론했고 모두가 머리를 맞댔다. 이뤈은 마을 사람들과 기꺼이 서로의 경험을 공유하고 더 좋은 결과를 찾아갔다. 모두의 마음이 모였다.

이뤈은 고작 풀 한 포기가 인간에게 선물한 커다란

축복에 대해 생각했다. 비티스디아는 특별한 존재였다. 공존과 소통의 상징이었다. 그리고 그들과의 특별한 교류를 이해한 사람들만이 초록빛 기록지에 숨은 비밀을 찾아낼 수 있었다.

이뤈은 마을에 머물며 비티스디아어 연구 내용을 업데이트해 여러 학술지에 보냈다. 연구 결과가 게재되기는커녕 제대로 평가받지 못하는 일이 다반사였다. 추가 입증을 위한 질문지가 날아오기만 해도 안도했다. 기존 연구자가 많지 않다는 점도 연구의 객관성을 인정받는 데 장벽이 되는 듯했다. 비티스디아를 연구해 온 사람 중 유명 대학이나 학회에 소속된 사람이 없다는 점도 마이너스 요인인 것 같았다. 평가라는 것은 그 자체로 누군가의 권위에 의존해야 하는 일이었다.

'꼭 외부에서 인정받아야 할까?'

이뤈은 권위에 의존하지 않는 방식을 고민하다 그동안의 연구 자료를 전부 오픈 서버에 업로드해 공개했다. 마을 도서관의 휴먼 그린북도 고스란히 디지털 도서관으로 옮겼다. 데이터와 웹페이지를 각국의 언어로 변환해 구축했다. 이 작업만으로도 꽤 바빴다.

디지털 도서관을 찾는 사람은 많지 않았다. 비티스

디아어의 존재가 세상에 널리 알려질 때까지는 시간이 걸릴 터였다. 그래도 조급하지 않았다. 누군가 모진 시절을 견뎌 온 것에 비하면 이건 지극히 찰나일지도 모른다고 생각했다. 모두가 죽고 사라진 후에도 이야기는 계속 이어질 거라고 믿었다.

열심히 일하다 힘들 때마다, 사람들이 알아주지 않는 듯해 아쉽고 서러울 때마다 이뢴은 증조할머니 파윈의 잎을 펼쳐 보았다. 얼음산국을 출국하기 전, 할머니의 뒷마당에서 증조할머니가 길렀다는 나무의 잎을 채취해 작은 책을 만들어 왔다.

이뢴은 시집을 펼쳐 보듯 파윈의 잎을 여러 번 반복해 읽었다.

환향……

환향한 여자……

나는 돌아왔다

절 용서하세요

어머니, 고마웠습니다……

전에 발루에게 들은 이야기가 있었다.

"키우는 사람이 교감 방식을 잘 이해하지 못하면

간단한 단어 정도만 기록되지요."

파윈은 비티스디아와 온전히 교감하지는 못했지만 그래도 가끔 나무를 쓰다듬으며 자신의 마음을 토로했던 것이다. 할머니 뒤뜰에 남은 고목은 짧게나마 파윈의 삶을 기록하고 있었다. 파윈의 마음은 지극히 간결한 표현으로 담겨 있었다. 짧은 문구지만 이뢴에게는 어떤 이야기보다 강렬하게 남았다.

상세하게 기록을 남기지는 못했지만 파윈에게도 이야기가 있었다. 후회와 회한이 있었고 속죄와 인고가 있었다. 헌신이 있었고 사명도 있었다. 자기 고향 대신 잎새 마을로 온 파윈이 오로지 속죄를 위해 남은 삶을 살아갔다고 생각되진 않았다. 파윈에게도 사랑이 있었다. 이뢴은 자신이 푸룬뿐만 아니라 파윈의 삶도 잇고 있다고 생각하니 자랑스러웠다.

적도 마을은 이뢴에게 새로운 고향이 되어 갔다. 그리하여 이뢴 자신도 뒤늦게 고향을 맞이한 여자, 고향으로 돌아온 여자가 되었다.

이뢴이 구축한 디지털 도서관은 느리지만 조금씩 사람들에게 알려졌다. 가끔 씨앗을 보내 달라는 연락도 받았다. 마을 사람들은 적절한 소통 방식을 안내하며 자신의 경험담을 덧붙여 씨앗을 발송했다. 씨앗을 받고 일 년 뒤 비티스디아를 키워 낸 사람들은 자신들의 잎맥을 찍은 사진과 반려 식물과 살아 온 경험담을 함께 도서관 사이트에 남겼다. 전 세계 규모의 휴먼 그린북이 비티스디아 디지털 도서관에 차곡차곡 모여들기 시작했다.

세계 곳곳에 공존과 소통을 상징하는 푸른 정원이 생겨났다. 비티스디아는 어떤 땅에서든 살아남았다. 단, 한 가지 조건이 필요했다. 반드시 식물과 교감하는 사람이 필요했다. 비티스디아는 강인한 식물이지만 소통할 수 있는 반려인을 만나지 못하면 속절없이 말라 버렸다. 씨앗을 심은 모두가 푸른 기적을 만난 건 아니었다. 의심하는 사람, 독특한 교감 방법을 제대로 수행하지 못하는 사람, 공감 능력이 없는 사람 앞에서 식물은 자신의 경이로운 힘을 발휘하지 않았다.

비티스디아 씨앗이 전 세계로 퍼져 나가자 지질을 악화시킬 외래종이라며 우려를 표하는 이들도 있었다. 일견 과학자의 언어 같았지만 그들은 누구와도 교감하지 못하는 어법을 구사했다. 연구 목적으로 비티스디아를 키우던 사람들이 앞장서 비티스디아와 관련된 이야기는 허구라고 주장했다. '진짜인지 어디

한번 보자'며 팔짱을 끼고 의심하는 사람, 아무런 개입 없이 식물이 자신 앞에서 놀라운 일을 펼쳐 주길 바라는 사람 앞에서 비티스디아는 싹을 틔우지 않았다. 비티스디아의 이야기를 거짓이라고 말하는 것은 결국 자신에게 공감 능력이 없음을 공개적으로 드러내는 셈이었다.

그사이 이뢴은 조금씩 열도국 말을 배웠다. 발루도 얼음산국 말을 배웠다. 둘은 공용어도 쓰고 통역기도 이용했다. 의향을 이해해 소통하는 데 큰 어려움은 없었지만 언제나 아쉬움은 남았다. 왜 공용어와 통역기를 쓰고 있지? 마을 사람들과 이뢴 모두가 아는 특별한 문자가 있었다.

'맞아, 우리에겐 이미 언어가 있지!'

글로벌 디지털 도서관 구축이 마무리되던 즈음이었다. 이뢴과 발루는 기호와 문자로만 존재했던 비티스디아어에 소리를 붙이는 작업에 착수했다. 문자는 총 일만 개가 넘는 패턴을 보였다. 어느 대륙의 상형문자는 무려 팔만 개라고 하니 그에 비하면 적은 수였다. 그렇다 해도 소리를 붙이기에는 너무 많았다. 사람이 발음하고 이해할 수 있는 음소 개수에는 한계가 있었다.

두 사람은 패턴 분류 과정을 클라우드에 공개하고 새로운 언어 체계를 발표했다. 그러자 조언을 주는 사람들이 생겼다. 이때부터는 언어학자들의 도움을 받았다. 음소의 패턴을 분류해 유사한 모양을 그룹화했다. 그리고 각 그룹을 다시 하위 그룹으로 분류했다. 언어별 유사성 연구에 특화된 AI를 활용했지만 완전히 새로운 언어 체계를 재구성하는 작업에는 탁월하지 못했다. 분류 기준은 여러 번 바뀌었다. 쉽지 않은 도전이었다.

두 사람은 전 세계에 존재하는 언어의 음소를 통합해 만든 유니버설 음성 기호를 채택했다. 비티스디아어는 이뤈과 발루를 통해 인간이 발음할 수 있는 언어 체계로 변모했다. 이뤈과 발루는 잎맥을 손으로 짚으며 더듬더듬 언어를 발음해 보았다.

옹알이하는 것처럼, 새로운 외국어를 배우는 것처럼 익혔다. 옹알이나 외국어와 다른 점이 있다면 두 사람은 이미 비티스디아 문자에 익숙하다는 점이었다. 간단한 선만 그려진 종이에 색깔을 칠하듯 두 사람은 자신들의 발견을 한층 더 입체화해 갔다.

도서관에서 언어를 익히고 있을 때 마을 아이들이

다가왔다. 아이들은 새로운 언어를 학습 중인 두 사람 곁에 머물렀고 재미있는 놀이처럼 여기며 함께 비티스디아어를 배웠다. 도서관 여기저기에 비티스디아어와 발음 기호가 함께 그려진 카드가 붙었다.

식물이 그려 낸 언어에 사람의 목소리가 더해지기 시작했다. 잎맥이 묘출한 언어는 사람이 발성할 수 있는 언어로 바뀌어 목소리를 얻었다. 아이들은 비티스디아어로 노래를 만들어 불렀다. 비티스디아는 이뢴과 발루를 통해 처음으로 세상에 목소리를 내게 되었다. 아이들의 장난스러운 노래를 들으며 자란 비티스디아는 전보다 더욱 선명하게 잎맥을 드러냈다.

이뢴과 발루가 함께 손잡고 산책하는 시간이 이어지면서 두 사람이 사용하는 언어도 중첩되어 갔다. 공용어와 얼음산국어, 열도국어와 비티스디아어가 섞였다. 각 언어의 비중은 조금씩 달라졌다. 간혹 이상한 신조어가 탄생하기도 했다.

비티스디아어로 대화가 이어지던 어느 날 이뢴은 줄곧 한쪽 귀에 끼고 있던 동시통역기를 떼어 냈다. 소통은 가능했지만 어쩐지 마음에 딱 맞진 않았던 공용어는 더 이상 쓰지 않아도 되었다.

두 사람은 결혼식을 올렸다. 로밀야가 처음 만들었다는 마을 공동 정원에 예식장을 마련했다. 얼음산국 친지와 지인들이 긴 휴가를 내 적도 마을로 찾아왔다.

이뢴은 얼음산국에서 찾아온 가족과 지인들을 반겼다. 적도 마을을 천천히 돌아보던 이뢴의 아버지는 내내 말이 없었다. 얼음산국 출신인 이뢴의 어머니와 지인들은 이국적 풍경에 감탄했다. 울창한 비티스디아 숲을 바라보는 할머니의 표정이 어쩐지 복잡해 보였다. 이뢴은 시간을 내어 할머니와 함께 마을을 산책했다.

할머니가 수첩을 펼쳐 보였다. 할머니에게 비티스디아어 기본 글자와 읽는 법을 알려 주는 책을 미리 건넨 터였다. 할머니의 수첩에는 비티스디아어로 한 단어가 반복해 적혀 있었다.

아이린, 아이린, 아이(愛) 그리고 린(林), '사랑'과 '숲'…….

할머니는 자신의 이름을 비티스디아어로 거듭 적어 내려갔다.

"아버지가 긴 여행에서 돌아오기 전까지 내겐 아명밖에 없었단다. 고향에 돌아온 아버지가 지어 준 이름에는 사랑과 숲이 담겨 있었지."

이뤈은 줄곧 할머니라고만 불러 온 한 여성의 이름을, 푸룬이 사랑한 딸의 이름을, 마음속으로 조용히 불러 보았다.

'아이린, 아이린……'

이름 속에서 맑고 푸른 사랑이란 단어가 얼굴을 내보였다. 이름을 지어 준 자에게서 물려받은 사랑이, 한 사람의 인생을 건 사랑이 빛나고 있었다.

이뤈과 할머니는 마을 어귀에 있는 커다란 나무 앞에 멈춰 섰다. 로밀야가 마을에 도착해 제일 처음 키웠다는 나무였다. 할머니가 잎을 부드럽게 쓰다듬으며 말했다.

"아버지가 늘 미웠어. 아버지가 내게 반쪽짜리 사랑을 보였다고만 생각했지. 우리 엄마를 사랑하지 않는 것도 미웠어."

이뤈은 할머니 말에 고개를 끄덕였다.

"우리 엄마를 사랑받지 못하는 사람으로 내버려둔 게 너무 속상했어. 아버지의 마음을 모두 가져가 버린 사람까지 미웠단다. 한 번도 본 적 없는 그 사람을 쭉 미워했어. 우리가 당연히 만났어야 할 행복을 미리 차지한 것처럼 억울해했단다. 너무 낭만적이어서

밉더라. 우리가 버티는 삶에 낭만 따위는 눈곱만큼도 없었는데 말이다. 근데 말이야……."

줄곧 건조하게 미움을 말하던 할머니의 목소리가 젖어들었다.

"내가 아버지의 친딸이 아니라는 사실은 슬프지 않았어. 친딸이 아니었는데도 아버지가 되어 준 그분께 뒤늦게 고마웠단다. 제일 슬펐던 건…… 내가, 아버지가 평생을 바쳐 사랑한 사람을 해친 남자의 딸이라는 사실이란다. 어떻게 이럴 수가……. 다른 사람도 아니고, 내가 아버지를 증오해선 안 되는 거였잖니. 죽어서 어떤 얼굴을 하고 우리 아버지를 만나야 하니……."

가족이 줄곧 감춰 왔던 비밀이었다. 비정하게 뒤틀린 운명, 너무 늦은 회한을 안고 할머니는 로밀야의 비티스디아 나무에 머리를 기댔다.

"아버지는 참 이상한 사람이었어. 어떻게 엄마와 나를 가족으로 맞았을까? 무슨 각오를 했기에 적과도 같은 존재를, 그에게서 연유한 사람들을 자기 가족으로 여기기로 했을까?"

이뤈은 푸룬의 유언 엽첩에서 읽은 이야기를 떠올렸다. 푸룬의 사랑은 오로지 로밀야 한 사람을 향했으나 그의 책임감은 어머니와 파윈 그리고 아이린 모두를 향했다. 푸룬은 아이린이 떠도는 삶을 시작하지 않길 바랐다. 네 여성의 삶을 보며 푸룬은 사랑하는 사람들의 삶에 비티스디아 씨앗 하나만 한 힘이라도 되고 싶다고 했다.

푸룬은 변함없이 이륀의 증조할아버지였다. 피가 섞이지 않았다는 걸 알았지만 푸룬의 이야기 속에 여전히 자신이 연결되어 있었다. 푸룬의 결심 속에 파윈과 아이린이 존재했다. 아이린의 생의 의지 끝에 이륀의 아버지가 있고 이륀이 있었다. 사랑 이야기의 끝에 모두의 삶이 있었다.

"할머니, 푸룬 할아버지는 제대로 사랑하려는 사람이었어."

평소 같았으면 낮게 끙, 소리를 내며 퉁명스럽게 굴었을 할머니지만 오늘은 작게 고개를 끄덕였다. 푸룬이 인생을 건 사랑을 이어 가겠다고 숲에 서약한 대상은 바로 자신의 딸, 아이린이었다.

이륀은 할머니와 함께 로밀야의 나무에서 씨앗을 추출했다. 그리고 푸룬의 작은 정원에서 자라던 작은 나무의 씨앗과 함께 그 곁에 심었다. 이륀이 가꿀 새로운 반려 식물이 곧 탄생할 예정이었다.

결혼식 당일이 되었다.

화동으로 단장한 아이들이 비티스디아 잎새와 꽃잎을 뿌리며 노래를 합창했다.

흩어졌던 쿠진족이 오랜만에 함께 모였다. 비록 언어가 다르고 얼굴도 차림도 표정도 생활도 달라졌지만 생이 이어졌음을 느꼈다.

결혼식 축가를 부른 뒤 아이들이 비티스디아어로 장난스럽게 노래를 불렀다. 쿠진족과 줄곧 생사고락을 함께 나눈 식물이 아이들을 통해 노래하는 듯했다. 식물들도 두 사람의 결혼을 축하하듯 살랑였다. 비티스디아어로 만든 노래, 마치 식물이 사람에게 축하 인사를 건네는 듯한 노래를 들으며 이륀과 발루는 사람들 앞에서 평생의 사랑을 서약했다.

비티스디아는 발화發話되고 발화發花되어 터져 나갔다. 죽도록 외친다는 로밀야의 말처럼, 누구도 가둬둘 수 없었던 자의 자유와 사랑을 향한 외침처럼 기어이, 밖으로⋯⋯.

마을 잔치가 이어지는 가운데 아이들의 노래가 마을 곳곳으로, 비티스디아 숲으로 퍼져 나갔다.

자신들의 언어로 노래하는 사람들의 목소리를 들으며 비티스디아 잎이 바람도 없는 곳에서 흔들리는 것을 사람들은 알아채지 못했다.

에필로그

이뤈과 발루는 딸에게 반려 식물을 선물했다. 증조할머니의 이름을 따 이뤈은 딸의 이름을 파원이라고 지었다. 말을 배우기 시작한 파원을 위해 부부는 작은 정원을 마련해 주고 결혼식 전날 아이린 할머니와 함께 심은 나무를 옮겨 심었다. 그날, 두 개의 씨앗을 심었다. 푸룬의 정원에서 가져온 씨앗과 로밀야의 나무에서 채취한 씨앗. 두 씨앗은 각각 발아한 뒤 뿌리가 한데 엉켜 하나의 나무가 되었다.

파원은 엄마 아빠의 언어와 비티스디아어를 동시에 배웠다. 비티스디아어를 일상적으로 자연스럽게 구사하는 첫 세대의 등장이었다.

"요즘 마을 순찰 훈련 중인 강아지랑 친구가 됐어. 다음에 너한테도 소개해 줄게. 이름? 이름은 모르는데? 근데 그 강아지 날 만나면 같이 놀자고 폴짝폴짝 뛰거든."

파원이 잎새에 말을 걸었다. 엄마 이뢴과 아빠 발루가 고안한 구어口語 비티스디아어를 딸은 모국어로 구사했다.

"폴짝이? 흠, 좋아! 나한테 네 향기가 나나 봐. 그래서 폴짝이가 날 좋아하는 것 같아. 근데 폴짝이가 뛰어다니면 훈련이 덜 됐다고 혼나거든. 그러면 폴짝이 눈이 축 처지는데 그것도 귀여워. 폴짝이도 너 만나면 정말 좋아할 거야."

인형과 하는 역할놀이처럼 파원이 식물과 대화를 이어 갔다.

"고맙긴. 친구잖아!"

이뢴은 딸과 반려 식물 '사랑해'의 대화를 가까이서 지켜보다 식물의 잎맥 형태가 변하는 순간을 알아챘다.

"파원, 혹시 사랑해가 지금 네 말에 대답했니?"

파원이 고개를 끄덕였다. 이뤈은 딸과 반려 식물의 대화를 오래 바라보았다. 파원이 쓰다듬자 잎맥이 천천히 변모했다. 비티스디아는 잎맥의 형태를 바꾸며 천천히 자기 의사를 표시했다. 파원과 반려 식물은 실시간으로 대화하고 있었다.

파원은 부모 세대와는 다른 방식으로 식물과 교감하는 방법을 발견했다. 일찍 깨친 비티스디아어로 식물에게 말을 걸었다. 식물은 파원의 목소리를 즉각 이해했고 자신의 의지를 잎맥을 통해 즉시 드러냈다. 그동안 비티스디아가 메시지를 묘출하는 데 시간이 걸린 것은 잎맥을 형성해야 해서가 아니었다. 사람의 목소리를 이해하는 데 시간이 필요했을 뿐이었다.

"파원! 대단해!"

"뭐가?"

엄마가 흥분했지만 파원은 영문을 몰랐다. 파원이 새로운 교감 방식을 찾아낸 건 엄마 아빠가 고안한 비티스디아어 덕분이었다. 파원에겐 대단한 일도 아니고 그저 자연스러운 일이었다.

딸과 반려 식물의 대화를 바라보며 이뤈은 사락사

락 바람에 흔들리던 숲이 떠올랐다. 잎새 마을 어르신은 숲을 보고 이뤈을 반기고 있다고 표현했었다. 그때는 어르신이 숲을 찾은 후대인에 대한 반가운 마음을 낭만적으로 말하는 줄로만 알았다.

파원의 반려 식물을 보며 이뤈은 식물의 오랜 설계에 대해 처음으로 생각했다. 혹시 이 신비한 식물은 쿠진족 선조들과 자신의 여정을 전부 예상한 것은 아닐까. 혹은 이산하는 사람들을 선택해 식물 자신의 번성을 꾀한 것은 아닐까. 사람의 인연을 지배하고 설계한 이 이야기의 진짜 주인이 아닐까.

신기하게만 보이는 독특한 식물의 생존 전략이 있었다. 생존을 위해 갑자기 넝쿨식물로 변모하는 식물, 피톤치드나 갈로탄닌처럼 독을 뿜어 다른 경쟁자를 살균하는 식물, 캡사이신처럼 지독하게 매운맛으로 인간의 미각을 중독시켜 번성을 꾀하는 식물……. 모두 식물이 다음 세대로 뻗어나가기 위한 전략이었다.

비티스디아도 생존을 위해, 변모 혹은 진화를 위해 독특한 전략을 택한 것일까. 이뤈은 새로운 가설을 떠올렸다. 이 식물은 떠나는 자들, 멀리 가는 인간들을 골라 반려로 삼은 것이다. 비티스디아는 다른 종, 인간과의 공생을 택했다. 그리고 자신들이 선택한 인간 중 가장 약한 고리와 교감했고 이들의 이야기를 대대로 이어 내며 자신들 역시 멀리 퍼져 나가려 치열한 사투를 벌였다.

비티스디아가 공존을 전략으로 삼은 인간은 쿠진족 이외에도 더 있을지 모른다. 식물이 남긴 언어를 모두 모은다면 어떤 이야기가 될까? 이뢴의 상상은 조금 더 부풀었다. 정착민이 아니라 유목하고 이동하는 인간들이 인류의 역사를 써 내려갔다는 전제하에 이 식물의 증적을 모두 모은다면 온 인류의 이야기가 되지 않을까. 이 식물이 세계의 식물[世界樹]은 아닐까……

비티스디아와 소통 방식에 대해서도 새로 정의해야 할 것 같았다. 소통이라는 말의 뜻부터 다시 정의해야 했다. 이뢴의 생각은 다음 단계로 향했다.

"지금까지는 축적한 데이터를 잘 보존하는 게 우리 역할이라 생각했는데 한 단계 더 나아가야 할 것 같아요."

이뢴의 새로운 제안에 발루가 물었다.

"어떻게요?"

"다 자란 잎을 보존하는 게 아니라 이 식물의 인격을 인정하는 거예요. 그러고는 처음부터 다시 질문하는 거지요."

이뢴과 발루는 잎맥을 실시간으로 스캔해 그 자리에서 번역하고 다시 비티스디아어로 질문하는 플랜트 커뮤니케이션 번역기를 만들었다. 대화가 새로운 방식으로 옷을 갈아입었다. 그러자 사랑해가 이야기를 시작했다. 식물의 목소리에 귀를 기울이자 이야기의 내용까지 바뀌었다. 이번엔 사람이 남긴 기록이 아니라, 식물이 기억하고 있던 기록이 드러났다. 이들의 기록은 사람이 인지하지 못하는 방식으로도 줄곧 축적되고 있었다.

"사랑해야, 이야기를 들려줘. 네가 알고 있는 이야기를."

비티스디아에게 말을 걸자 한 이야기를 들을 수 있었다. 비티스디아만 알고 있던 비밀스러운 이야기, 푸룬과 로밀야의 마지막 이야기가 터져 나왔다.

●

쿠진족과 얼음산국 군대가 전면 충돌하기 한 해 전, 파윈과 아이린을 도시로 보낸 뒤 푸룬은 마지막 여행에 나섰다.

푸룬은 비밀 장소에 숨겨 두었던 로밀야의 편지를 꺼
내 들었다. 사막국을 떠나 밑동 마을로 귀향하기 직전,
항구에서 만나자던 로밀야의 편지였다. 이미 바스러질
정도로 낡아 버린 편지에는 먼 과거의 날짜가 적혀 있
었다.

얼음산국, 쿠진족 잎새 마을, 푸룬에게

미루고 미루다 너에게 편지를 써. 정확한 주소를
알 수 없어서 어쩌면 가닿지 못할 편지가 될지도
모르겠지만.
이 편지가 제대로 도착할 수 있을지, 너와 재회할
수 있을지 모르겠어. 그래도 편지가 도착하고 네가
국경을 건너 이동할 시일을 충분히 두고 출발일을
정했어. 열도국의 서쪽 항구, 항구가 가장 잘 보이
는 언덕 위에서 반년 뒤 만나자.
같이 돌아가고 싶다. 우리의 고향으로. 함께 살 수
있는 곳으로.
네가 무사하길 매일 기도했고 지금도 기도해.
혹시라도 우리가 만나지 못한다면 서쪽 항구 언덕
위에 비티스디아 나무를 심어 놓을게. 내가 있는

곳을 나무가 전해 줄 거야. 언제 어디서든 널 기다 릴게.

여정은 쉽지 않았지만 내 여행의 출발이자 목적지 는 언제나 너였어. 너는 이 모든 길의 반려였어. 너 를 만나 손잡을 거야. 곧 만나자.

로밀야, 너의 아내가.

푸룬이 로밀야의 편지를 받은 것은 환갑이 지난 어느 날이었다. 로밀야의 부탁을 받은 구호단체 사람의 손에 서 다른 이의 손으로 건네진 편지가 아주 긴 여행을 통 과해 푸룬이라는 수신인을 찾아왔다. 푸룬은 편지를 줄 곧 감춰 두고 있었다.

독립을 선언하고 국가주권승인기구의 답을 기다리 며 잔류 쿠진족 모두 죽음까지 각오한 시절이었다. 긴 싸움을 앞두고 푸룬은 마지막으로 로밀야의 흔적을 찾 아보고 싶었다. 재회를 약속했던 항구에 가 보고 싶었 다. 그런 뒤 고향에 돌아와 최후의 결전에 임하리라 결 심했다.

마지막 여행에 대해 푸룬은 자신의 정원에도 이야기 를 남기지 않기로 했다. 보통 사람들의 이야기는 대부

분 남지 않으니 욕심내지 않기로 했다. 아무것도 남길
것이 없는 인생, 전할 만한 기록이 없는 삶. 푸룬은 그
렇게나 자기 삶이 평범했다고 생각했다. 무력했던 삶을
평범하다고 말할 수 있어 아쉽지 않았다. 비티스디아가
있어 짧은 편지나마 전할 수 있었다고, 그것만으로도
고마웠다고. 푸룬은 자기 정원의 자그마한 나무를 한참
쓰다듬은 뒤 마지막 여행길에 나섰다.

열도국 서쪽 항구를 향해 떠난 푸룬은 반나절 만에
국경을 넘고 공항에서 항구까지 네 시간 남짓 버스를
탔다. 세상은 가까워져 있었다. 로밀야와 줄곧 만나지
못하던 동안, 타국을 체감하는 심적 거리는 점점 좁아
졌다. 두 사람의 거리만 왜 가까워지지 못했을까……. 공
항과 터미널에서, 거리에서 다른 사람들이 반갑게 재회
하는 순간을 푸룬은 물끄러미 바라보았다. 누군가에게
는 단순한 일이지만 자신에게는 영원히 허락되지 못한
일이 있었다. 아무리 우겨도, 사소하고 당연한 일들이
자신의 삶에서는 도무지 일어나지 않았다. 영원과도 같
은 아득함을 견뎌야 했다. 뻥 뚫린 가슴으로 바람이 들
어왔다 빠져나가는 것을 느꼈다. 뒤늦게 아쉬워해 봐야
어쩔 수 없는 일이었다. 푸룬은 자신의 삶을, 로밀야의
삶을, 파인과 아이린의 삶을 생각했다. 그러고는 남이

알아보지 못할 만큼 작게 고개를 끄덕였다.

'그런 삶도 있다.'

항구 가까이 다가가자 바람이 거셌다. 항구 풍경은 아직 시야에 들어오지 않았지만 바다 냄새가 배릿했다. 항구에 도착했음을 뚜렷하게 알리는 내음이었다. 서 있기도 힘들 만큼 세찬 바람에 몸이 휘청였다. 겨울이면 냉혹하고 매서웠던 고향의 고산지대, 광포하고도 매정했던 항구 마을. 자신을 한시도 가만두지 않는 세상에서 떠밀리고 떠밀리며 살아왔는데, 간신히 삶이 허락되는 힘든 곳에서만 살아왔는데, 생각해 보면 그럴 때마다 살아 있음을 느꼈다. 거친 곳에서 간절하고 순수한 마음을 품었음을 자부했다. 사랑하는 사람에게 몰아칠 거친 풍파를 사무치게 상상하면서. 혼자였다면, 안락한 곳에 살았다면 싹트지 않았을 마음이라고 생각했다.

푸룬은 항구에 며칠 머물렀다. 로밀야가 지나갔을 선착장을, 로밀야가 머물렀을지도 모를 낡은 숙소를, 푸룬도 사람들 얼굴을 하나하나 둘러보며 걸었다. 풍경은 전혀 달랐지만 입관 시설이 있던 항구국의 도시도 떠올랐다.

열도국 서쪽 항구 도시를 걸으며 작은 정원들을 훑어보았다. 혹시라도 비티스디아를 키우는 사람이 있을까,

두근거리는 마음으로 골목 곳곳을 둘러보았다. 비티스디아는 아니었지만 창틀에 놓인 작은 화분을 발견했다. 기분 좋은 향기가 담장을 넘어 온 동네에 퍼지는 걸 느꼈다. 바다가 바로 보이는 집일수록 창틀에 걸린 화분이 큼지막했다. 강렬한 햇빛과 난폭한 바람에 담벼락은 색이 바래고 금이 갔지만 화분은 단단하게 걸려 있었다. 배를 타고 나간 가족이 항구로 들어올 때 잘 보이라고 걸어 둔 환영의 인사처럼. 돌아올 가족을 기다리며 힘차게 피어난 식물들이 인사를 전하고 있었다. 창틀에 걸린 작은 생기로움은 담을 건너, 마을을 넘어, 아득히 먼 바다를 향하고 있었다. 곧 다가올 사람을 향해······.

푸룬은 항구가 잘 내려다보이는 언덕을 찾아다녔다. 낮은 언덕이 세 개 있었다. 푸룬은 천천히 언덕을 오르며 길가의 작은 풀을 하나씩 하나씩 들여다보았다.

세 번째 언덕을 오르던 중이었다. 흙바닥이 온통 뒤덮이도록 붉고 노란 낙엽이 카페트처럼 깔려 있었다. 푸룬은 낙엽을 집어 들었다.

'잎맥의 이야기도 쇠락했구나. 섭리구나.'

낙엽을 밟으며 항구가 가장 잘 보이는 언덕 정상에 도착한 순간, 작은 언덕과는 어울리지 않는 커다란 나무 한 그루가 보였다. 낙조에 물든 나무는 보무가 당당한 여행자처럼 듬직해 보였다. 푸른은 낮게 파고드는 석양에 눈을 찡그리며 나무를 향해 다가갔다.

"아……."

당당한 기운을 펼치고 있는 그 나무는 비티스디아였다. 푸른은 나뭇잎을 들여다보았다. 읽을 수는 없었지만 누군가의 마음이 분명히 새겨져 있었다. 잎이 푸른의 이름을 부르고 있었다. 그렇게 확신했다.

"고맙습니다. 고맙습니다."

푸른은 나무를 심은 사람에게 인사했다.

로밀야가 분명했다. 로밀야에게 씨앗을 날려 주고 싶다는 마음에 입관 시설 잎에서 식물을 키웠는데 이제와 작은 보상을 받은 것 같았다. 로밀야는 살아남았고 어디에선가 자신의 삶을 살아갔을 거였다. 푸른이 로밀야를 그리워한 만큼 로밀야도 푸른을 기억하고 있었다. 줄곧 푸른의 안부를 묻고 있었다.

"선생님, 이 나무의 유래를 알고 계신가요?"

나무를 향해 인사하는 푸른에게 한 젊은 여성이 다가왔다. 푸른은 그를 따라 나섰다. 그리움이 가득 쌓인 푸른의 어깨에 따뜻한 노을이 드리웠다.

"두 사람, 만났을까요?"

플랜트 커뮤니케이션 번역기에 연결된 화면, 사랑해가 출력한 이야기를 들여다보며 발루가 말했다.

"일부러 기록을 남기지 않았지만 비티스디아는 지켜보고 있었나 봐요."

"혹시 이거야말로 사랑해가 만들어 낸 이야기는 아닐까요? 두 사람이 죽기 전에 만났으면 하는, 아니 천국에서라도 만났으면 하는 우리의 희망 사항을 알고서 말이에요."

그 말에 이륀이 비티스디아를 돌아보며 웃었다.

"수다쟁이인 줄로만 알았더니, 이야기꾼이었어!"

이륀은 이번에 자신이 세운 가설에 위로받는 기분마저 들었다. 불완전한 인간의 지성으로 간신히 한 터럭의 실마리가 드러났을 뿐이었다. 인간의 언어로 해석되길 기대한 전제를 버리자 식물과의 대화가 새로 시작되려는 참이었다. 인간이 모두 사라진다 해도 사랑을 이어 갈 존재가 있었다. 아직 다 발견되지 않았을지언정 이야기는 앞으로도 계속 뿌리내릴 터였다.

세 가족이 마을 산책에 나섰다. 곰곰이 생각에 잠긴 이뤈은 언제나 한발 뒤처졌다. 파윈은 늘 엄마 아빠보다 앞서 걸었다. 적도 마을 사람들은 여느 때처럼 메아리를 만들며 대화했다. 발루는 마을 사람들 저마다의 속도와 방식을 언제나 이해하고 따랐다. 인간의 방식이 아닌 언어를 이해하고 있는 사람들은 조금 다른 방식을, 그 가능성을 늘 열어 두고 상대와 만났다.

마을 어귀의 로밀야 나무는 여전히 이야기를 전하고 있었다. 아직 다 말하지 못한 역사를 품고 있었다. 이뤈은 로밀야의 나무를 쓰다듬었다. 아직 해석되지 않은 이야기를 또 어떤 방식으로 터트릴지, 인간보다 오래 살아남을 이야기가 궁금해졌다.

감춰진 비밀을 찾아내는 데는 용기와 격려 그리고 온갖 사랑이 필요했다. 모든 이야기에는 사랑이 있었다. 지칭하는 이름은 달랐을지언정 그건 모두 사랑 이야기였다.

파윈이 식물과 대화할 수 있었던 것은 엄마 아빠가 비티스디아의 역사를 기록하고 보존한 덕분이었다. 아니, 그 이전에 엄마들의 엄마들, 아빠들의 아빠들이 사랑을 이어 왔기 때문이었다. 푸른 사랑이 이어지고 있었다. 사람이 떠나고 황폐해진 고산지대에서, 새로운 사랑을 시작하는 한 가족의 작은 정원에서, 길가의 잡초와 낙엽, 뒹구는 쓰레기 속에서, 아무도 알아보는 이 없는 낯선 곳에서, 다채로운 사람 내음 속에서 기어이 사랑은 이어질 테다. 때로는 미워하는 일이 섞여 들곤 했지만 증오마저 사랑으로 바꿔 낼 수 있다는 믿음이 있는 곳에서, 사랑을 포기하지 않는 곳에서, 짧은 생을 훌쩍 뛰어넘어 긴 이야기를 이어 가는 곳에서 사랑은 반드시 싹을 틔우고 열매를 맺을 것이다. 새로운 사랑 이야기를 빚을 새로운 씨앗이 영글어 갈 것이다. 모두의 이야기가 푸르게 남을 것이다. 사랑하는 일과 상관없는 사람은 아무도 없으니.

　혹한과 혹서에도 죽지 않고 명맥을 잇는 분명한 목소리가, 푸르게 뚜렷한 목소리가 바람결을 타고 멀리 터져 나갔다.

　보고 싶었어.
　기다리게 해서 미안해.
　사랑해.

- 나뭇잎을 편지로 주고받는 문화는 중국 징포족(미얀마 카친족, 인도 싱포족과 연관성 추정)의 문화에서 착안해 변용하여 썼으나, 작중 쿠진족과 관련된 묘사는 특정 민족의 사안과 무관한 허구입니다. 아울러 미국 비자 신청 시, 서류 미비 등의 이유로 발급 거절을 통지하는 녹색 용지의 안내문을 '그린 레터'라고 부릅니다. 중의적 의미로 제목에 차용하였습니다.

경계를 넘나드는 이들에게
빚진 마음으로

20대 후반부터 도쿄에서 생활하고 있다. 성인이 된 후로는 한국보다 일본에서 보낸 시간이 더 길지만 줄곧 이주민이라는 정체성을 품지 않으려 애써 왔다. 일종의 우기기에 가까웠다. 외국인인 나를 약자로 정의하는 일을 개인 차원에서나마 거부하려 했다. 면접에서 일본어를 더 공부하고 오라는 호통을 들을 때도 나는 약자가 아니라고 되뇌었다. 열심히 노력해 미비함을 극복하겠다 생각했다. 그런데 어떤 미비함은 누군가에겐 영원히 극복될 수 없다. 약자가 자신을 약자로 정의하는 데에도 용기가 필요하다.

일본 회사에서 일하며 일본어만 사용했던 시절, 주

말이면 한국어 팟캐스트를 듣고 한국 문학을 읽었다. 집중해서 사전을 찾지 않아도 되고, 검색해도 나오지 않는 표현을 누군가에게 물어볼 일이 없다는 것만으로도 모국어는 내게 커다란 휴식이었다. 충분히 분별해 누릴 수 있는 것들은 다 한국어 안에 있었다. 언어의 세계, 좁게는 한국어, 그중에서도 (말보다는) 활자의 세계가 내게는 모국이었다.

내가 나를 이민자나 이산자, 혹은 난민으로 규정하기 꺼렸던 이유는 다분히 내 모국어가 나의 문화적 수단이자 노동수단으로 강력한 영향을 미쳤기 때문일 거다. 일본 회사 취업에 큰 영향을 끼쳤던 내 스펙도 한국어 구사와 토익 점수였다. 그러니 심리적으로나 제도적으로 모국, 조국 혹은 모어와 이미 멀어진 사람들(재일조선인 혹은 난민)과 내 경험은 완전히 차원이 다를 터다.

이런 차이에도 불구하고 재일조선인이 살아 온 이야기를 듣다 보면 심리적으로 매우 가깝다. 동포라서, 가족주의나 민족주의로 환산해서 심적 거리를 좁힌다는 뜻은 아니다. 사실 나는 재일조선인을 향해 동포라는 말을 안일하게 쓰지 않으려 한다. 재일조선(국)적 분들이라고 표현하는 편인데, 동포(同胞, 도호)보

다 매우 긴 표현(在日朝鮮籍の方々, 자이니치 쵸센 세키노 카타가타)이라 말할 때마다 외우기도 힘들긴 하지만 최소한의 몰이해를 피하고 싶어 고집하고 있다.

분명한 차이가 있지만 그래도 여러 재일조선적 분들과 만나 소통할 수 있었던 건 언어 덕분이었다. 재일조선인과 일어로 대화했기 때문이다. 구사하는 언어가 같다는 점 덕분에 수반되는 효과겠지만, 약간 다른 부분이 큰 차이가 되는 일본 사회의 배제성을 체감하고 인지하며 사는 것도 소통과 이해의 중요한 근거가 되었다. 1세대 강제 이주의 역사가 이미 백 년 전의 일이니 지금 소통을 위해 필요한 깃은 동포라는 선언이나 역사의식의 유무보다도 언어 그 자체가 아닐까 싶다.

당장 일어를 배우자는 뜻은 아니다. 더 많은 언어가, 더 다양한 소통 방식이 필요하다. 활자가 아니어도 좋다. 표현하고 소통하고 치환해서 체감하는 새로운 방식이 필요하다.

작가로 데뷔하기 전, 집에서 가까운 조선학교에서 초등학생을 대상으로 한글 책을 읽는 자원봉사를 세 번 정도 시도해 보았다. 황 선생님의 서울말이 너무 유창해서 어려웠다며 일어로 다시 설명해 달라는 말도 들었다. 유창해서 장벽이 되었다. 아쉽게도 한국 표준어는 재일조선인과 소통할 유효한 수단이 되지 못한다. 누구의 잘잘못을 가리자는 게 아니다. 긴 세월이 깊은 골을 만들었다. 그때 차라리 낭독을 포기하고 춤을 추는 게 좋았을걸 하며 후회하기도 했는데 내가 춤이라는 언어를 구사할 수 없는 것도 문제긴 하다. 조선학교 학생들과 뛰어놀려면 체력도 필요하다. 나는 체력이 안 되어 같이 농구하자는 제안에 부응할 수 없어 부대낌이라는 언어도 구사하지 못했다.

얼마 전엔 재일조선인 1세의 처절한 역사를 구술해 패널로 인쇄해 전시하는 사업에 인터뷰어로 한 번 참여해 보았는데 그때도 아쉬움을 느꼈다. 이야기를 수집해 이어 가는 분들의 노고가 너무 큰 데 비해, 구술 사업이 얼마나 이어질지 걱정됐다. 다양한 방식이 더 필요하지만 그렇다고 복잡한 역사를 '숏폼'으로 요약해 보여 준다고 새로운 이야기가 생겨날까. 다음 소통 방식으로 이어질까.

그럼 도대체 어떤 언어가 필요할까. 내게 좋았던 언어를 꼽아 보다 결국 직업병처럼 SF로 귀결되었다. SF를 읽고 쓰면서 내가 얻은 중요한 깨달음과 통쾌함은 일상적 언어를 통해 익히 알던 세계가 뒤집히는 일이었다. 내게 과학소설은 과학적 지식을 서술하거나 미래의 기술을 암시하거나 다가올 예상될 일들을 예언하는 문학만은 아니다. 우리가 인지하는 답답한 현실이 세계의 전부가 아니란 사실. 세계를 보는 방식이 한 가지에 그치지 않는다는 깨달음. 나아가 가장 일반적이라고 믿고 있던 전제마저 폐기될 수 있다는 통쾌함. SF의 언어는 새로운 연속과 연결에 대해 힌트를 주었다. 뿌리 깊은 차별과 혐오, 약한 존재를 부정해야 유지되는 이 세계도 그리 단단하지 않다는 사실을. 인간이 안전과 안정, 보존을 위해 당연하게 선택해 왔다는 일들조차 실은 단기적이고 일시적인 전제에 불과할지 모른다는 겸허해지는 사실을 SF가 알려 주었다.

누군가를 인지하고 이해하려면 언어(툴)가 필요하다. 더 필요하다. 당장 조선학교에서 자원봉사 방식을 낭독이나 춤, SF 읽고 쓰기로 바꾼다고 다 해소되는 건 아닐 테지만. 새로운 연속을 빚어낼 새로운 언어를 상상해 본다.

당장 소멸을 강요받고 존재를 위협받는 사람들에겐 느긋한 말일지도 모르겠다. 다만 여러 방식으로 기록하는 일을 계속하겠다는 말로 나의 안일함을 조금 변명하고 싶다.

존재를 걸고 편협한 '보통 사회'에 맞서는 모든 재일조선인과 난민 Zubeyde 언니에게 안부 인사를 전한다. 단편 「그린 레터」를 디아스포라 영화제 특별서적에 기고해 만났던 소중한 인연 故 서경식 선생님의 안식을 기원한다.

아슬아슬하게 경계에 섰던 이들이 국경을 넘고 선을 넘고 자신을 가둔 좁은 곳을 해방시키며 세계를 조금씩 확장시켰다고 믿는다. 싸워 온 약자, 용기 있는 자들에게 빚진 마음을 또 다른 언어로 전할 수 있길 원하고 또 다짐해 본다.

2024년 초여름 도쿄에서

황모과

그린 레터

초판 1쇄 인쇄 2024년 6월 10일
초판 1쇄 발행 2024년 7월 17일

지은이 황모과
펴낸이 김선식

부사장 김은영
콘텐츠사업2본부장 박현미

책임편집 정지혜 **디자인** 정명희 **책임마케터** 오서영
콘텐츠사업6팀장 임경섭 **콘텐츠사업6팀** 정지혜, 곽수빈, 정명희
마케팅본부장 권장규 **마케팅1팀** 최혜령, 오서영, 문서희 **채널1팀** 박태준
미디어홍보본부장 정명찬 **브랜드관리팀** 안지혜, 오수미, 김은지, 이소영
뉴미디어팀 김민정, 이지은, 홍수경, 서가을, 문윤정, 이예주
크리에이티브팀 임유나, 변승주, 김화정, 장세진, 박장미, 박주현
지식교양팀 이수인, 염아라, 석찬미, 김혜원, 백지은
편집관리팀 조세현, 김호주, 백설희 **저작권팀** 한승빈, 이슬, 윤제희
재무관리팀 하미선, 윤이경, 김재경, 이보람, 임혜정
인사총무팀 강미숙, 지석배, 김혜진, 황종원
제작관리팀 이소현, 김소영, 김진경, 최완규, 이지우, 박예찬
물류관리팀 김형기, 김선민, 주정훈, 김선진, 한유현, 전태연, 양문현, 이민운

펴낸곳 다산북스 **출판등록** 2005년 12월 23일 제313-2005-00277호
주소 경기도 파주시 회동길 490
전화 02-704-1724 **팩스** 02-703-2219
이메일 dasanbooks@dasanbooks.com
홈페이지 www.dasan.group **블로그** blog.naver.com/dasan_books
용지 아이피피 **인쇄** 민언프린텍 **제본** 국일문화사 **코팅 및 후가공** 제이오엘앤피

ISBN 979-11-306-5349-5 (03810)